杨
渡
作
品

1624

颜思齐与大航海时代

杨渡 ————— 著

九州出版社
JIUZHOUPRESS

图书在版编目（CIP）数据

1624，颜思齐与大航海时代／杨渡著.—北京：
九州出版社，2021.8

ISBN 978-7-5225-0297-7

Ⅰ.①1… Ⅱ.①杨… Ⅲ.①传记小说—中国—当代
Ⅳ.①I247.5

中国版本图书馆 CIP 数据核字（2021）第 143926 号

版权合同登记号 图字：01-2020-4683

1624，颜思齐与大航海时代

作　者	杨　渡　著
出 版 人	张黎宏
责任编辑	毛俊宁
出版发行	九州出版社
地　址	北京市西城区阜外大街甲 35 号（100037）
发行电话	（010）68992190/3/5/6
网　址	www.jiuzhoupress.com
印　刷	三河市兴博印务有限公司
开　本	880 毫米×1230 毫米　　32 开
印　张	7.625　　插页 32P
字　数	170 千字
版　次	2021 年 8 月第 1 版
印　次	2021 年 8 月第 1 次印刷
书　号	ISBN 978-7-5225-0297-7
定　价	58.00 元

郑成功收复台湾

  17世纪荷兰人所绘制的郑成功发兵攻打台湾热兰遮城图。1661年，明室遗臣郑成功率两万五千精兵攻打占据台湾的荷兰人，郑军先由金门入驻澎湖，再挥师渡海攻取热兰遮城，荷人被困七个月，死伤甚重。巴达维亚荷兰东印度公司派舰驰援，然援兵驶近台湾外海，见郑军军威盛大，竟不战而逃。1662年2月，荷兰驻台总督向郑成功投降，从台湾撤出所有人员，郑成功收复台湾。

荷兰人在台湾的堡垒

荷兰人用武力强占台湾，作为远东贸易的据点。汉人由中国大陆移居台湾，时间最早可溯源自三国的东吴。荷兰于列强争夺海权，后郑芝龙就抚，迁回大陆，台湾先后遭西班牙和荷兰侵占。此为17世纪中期，荷兰人所绘台南热兰遮堡全图。

隋唐以降，台湾在中国史书中称为"琉球"。明末，闽南海商集团颜思齐、郑芝龙等据守台湾，与西班牙、荷兰等列强争夺海权。

福建的出殡图（1670 年）

　　此铜版画出自荷兰古籍《荷使第二次及第三次出访（大清）中国记》，记录荷兰使团在福建看见中国人出殡的队伍。尽管图画并未十分准确反映中国人的丧礼，但仍是西方人对中国生活礼俗最早的图像记录之一。

此图描述荷兰使节团在中国的情形。

厦门港荷舰图（1670年）

此铜版画出自1670年出版的荷兰古籍《荷使第二次及第三次出访（大清）中国记》。这幅版画中，作者以在鼓浪屿远眺厦门岛为视角，远处是仙岳山、阳台山和狮山等高山，海边是厦门城，鹭江中停靠多艘大小中式帆船。值得注意的是，近处一艘船尾对着读者的是荷兰东印度公司的帆船，且正在开炮，原图说明为荷兰军舰对海盗船开炮。

7

17 世纪荷兰人版画中的台湾少数民族形象。

　　台湾少数民族以茅草或石板为屋，依赖狩猎捕鱼为生，亦从事少部分的农耕活动。

　　此图描绘台湾少数民族猎人头的情况。早期台湾少数民族有猎杀敌人取其头颅的习惯，称之为"出草"。此外，还将人头去其皮肉，置于骷髅架上。"出草"代表英勇，具宗教意涵。

　　荷兰古籍《荷使第二次及第三次出访（大清）中国记》书中描绘台湾少数民族住屋的版画。

　　荷兰古籍《荷使第二次及第三次出访（大清）中国记》书中描绘台湾热兰遮城的版画。

清荷联军攻占金门城图（1670 年）

　　此铜版画出自荷兰古籍《荷使第二次及第三次出访（大清）中国记》描述清军联合荷军击败郑经的军队，占领金门城。由于国姓爷郑成功将荷兰人驱出台湾，因此荷兰人联同大清军队攻打郑军据守的金门岛，迫使郑军退守台湾，抗清事业遭到重挫。

　　荷兰人想象中的妈祖庙像希腊的阿西娜神殿，殊不知为了航海，海神妈祖像一般较小，才能随船航行。

荷兰人想象中的佛殿，亦是参考希腊神殿。

　　荷兰古籍《荷使第二次及第三次出访（大清）中国记》书中描述其在中国所见宝塔的版画。

荷兰人眼中的中国弥勒佛寺。

此图相当精准地呈现了北京紫禁城午门所在。

此图对中国朝廷的想象不无西方式的描述。

金门港郑经战舰图
（1671年）

　　此铜版画出自荷
兰古籍之英文版。金
门位于厦门西南，以
"固若金汤，雄镇海
门"而得名，曾是郑
成功部的重要据点。
此作品的作者在海上
远眺金门岛，右侧古
塔应是建于明洪武年
间的文台宝塔，左侧
的城寨是旧金城，是
金门曾经的政经重地，
也是清荷联盟攻打郑
军的陆战主要战场。

21

福州市全景图（1670 年）

　　此铜版画出自荷兰古籍《荷使第二次及第三次出访（大清）中国记》，描述荷兰使者进入福州城的情景。此图尺寸较大，生动描绘了闽江环绕福州城墙外，其支流穿越城中，形成类似江南水乡的美景。图中右方可见古老的万寿桥，城墙蜿蜒至山坡，景致极美，为经典铜版画作。

23

安平古堡

日据时期，热兰遮城的遗址。其主体建筑早已损毁，只剩下一些基座和断墙。荷据时期的两大城堡热兰遮城和普罗民遮城，由郑成功分别改为"安平镇"和"承天府"，前者是郑氏府邸，后者则为郑氏王朝的行政中心。此外，郑氏在台湾设二县，北路为天兴县，南路为万年县，并在澎湖设安抚司。

赤嵌楼

郑成功将荷兰人所建普罗民遮城改为"承天府"。经过战火，普罗民遮城大半毁坏，重建的承天府为中式建筑，成为台湾最早汉人政府的行政大楼，民间称其为"赤嵌楼"、"番仔楼"或"红毛楼"。三百多年来，此楼曾多次重修，但外貌大致不变，充分反映了明郑时期的文化风貌。

目　录

序　曲

1624 年 1 月 3 日，居住在日本平户的泉州大商人李旦，趁着东北季风，发出了一艘商船，开往台湾、澎湖。这是他取得御朱印状[1]特许，可以进行海外贸易，要到台湾和荷兰、福建的商船，进行中转贸易。

2 月，当福建的妈祖庙还缭绕传统春节的祝福香火，欢欢喜喜过新年的时候，几十艘福建水师舰船已经悄悄出发，攻占了澎湖边缘的小岛，准备逐步包围占据澎湖马公一年多的荷兰人，将他们驱逐到台湾的大员港。此外，还有几千人的水师正在训练，澎湖战火密布。

相传，春天的时候，在平户开裁缝店兼布庄十二年的漳州人颜思齐和二十七个浙江、福建来的船商结拜兄弟，他们奉他为老大。因为不满日本人对中国船商的诸多限制，正在着手计划起事。

3 月 4 日，李旦到了台湾，却听到福建传来了消息，福建水师扣押他的手下大将许心素的儿子，以此要挟，要求他到澎湖去出面协调，说服荷兰人撤退到大员。他只得来回穿梭，也发出指令，要在平户的手下郑芝龙到澎湖来，担任荷兰长官雷尔生的翻译，好在居间协调时发挥作用。

6月间，占据澎湖的荷兰人发现逐步被福建军队包围，只剩下主要基地马公，补给的食物变少，淡水的供应也不足，感到大事不妙，向东印度公司巴达维亚总部求援，请示是否撤退。

8月18日，巴达维亚总部开会，终于决定退踞到台湾。他们开始拆除澎湖的堡垒，将所有军事基础设施转移。船队忙碌地在澎湖、大员之间来来回回搬运。

8月27日，郑芝龙的日本妻子田川氏在海边捡贝壳的时候，腹中突然阵痛。怀胎十月的她，扶海边的一块大石，生下了一个儿子。郑芝龙高兴地帮他取名郑森。过了几天，颜思齐来看他，他正抱着小婴儿在榻榻米上逗着。颜思齐要他通知所有兄弟，准备几天后起事。不料，事情败露。他的丈人从官员那里得到了消息，赶来报讯：官兵要抓人了，快逃。

郑芝龙立即赶去通知颜思齐和众兄弟，带领几百个手下，从各处赶来上船，火速驶出外海。在茫茫大海中，有人提议回舟山群岛，但有人建议：回到那里人都散了，不如到台湾去，人聚在一起就有打拼的希望。大队人马于是转进台湾，建设十个寨子，做长驻经营的打算。

11月，刚到台湾的荷兰人向李旦和颜思齐租船去澎湖，想取回转到那里的信。12月，荷兰就向颜思齐发出正式邀约，一起入伙，出海"去马尼拉工作"，到那里的海域打劫西班牙人。他们想抢的是福建月港和马尼拉之间的商船。荷兰人要彻底破坏西班牙人和中国的贸易。因为，荷兰为了独立，和西班牙展开了数十年的战争。

1624年，仿佛诸多海洋势力都齐聚到了台湾。他们的目光投向广阔的海域，那是南中国海和印度洋。那是欧洲各国势力交汇的商场，也是战场。

葡萄牙人以马六甲为营运总部，以澳门为中国的窗口，穿梭在北起日本的长崎、平户，中转澳门等地，南至马六甲，再过印度洋将商品运回欧洲的远程航线。

西班牙人走另一条路。他们穿过大西洋，在中南美洲建立殖民地，开采银矿，制成银币，再行过茫茫的太平洋，运到马尼拉，在此和福建月港来的生意人交易，买下大量的丝绸瓷器，再走太平洋、大西洋回到欧洲。这一条路线，利润惊人，被称为黄金航线。

荷兰人来得较晚，就以印度尼西亚的巴达维亚为中心，攻占原本平静一些的香料群岛，垄断香料贸易，到处打劫海上的葡萄牙、西班牙商船。欧洲的海洋国家英国也赶来了，在平户租了李旦的房子当商馆，和一样晚来的荷兰结成海盗同盟，到处抢商船。

南中国海登时成为群雄争霸的海域。而明朝的福建水师依然以"打倭寇"为目标，把打击海盗当成海洋治理的首要任务，却不知风云巨变的时代来临了。

1624 年，大航海时代的风暴从欧洲吹动起来，越过大西洋、印度洋、太平洋……

这一年，继多次发布天主教禁教令之后，日本幕府开始禁止西班牙人登陆。[2]

这一年，荷兰在纽约建立一个贸易站，开启如今世界第一大都会纽约的历史。

这一年，世界的版图已经改变。

这一年，是中国传统甲子年，全世界的白银源源不绝流入大明帝国，而北方的女真人，在努尔哈赤的带领下已建立后金政权，定都沈阳。大明王朝的危机日渐迫近。

在暴风圈中，一个于福建漳州青礁村出生的孩子——颜思齐，和他的二十七个结拜兄弟，是如何走出平户，迎向风暴，迎战海洋文明的冲击？

这是一个人，一群兄弟，一个大时代的风云。

这是海洋与陆地，两种文明撞击的火花。

这是中国东南的一座岛屿，跃居世界舞台，命运交汇的故事。

注释：

[1] 御朱印状创立于丰臣秀吉时期，由日本幕府发出特许状，以表明此船为日本商船，希望所靠港口的官方予以协助。这是一种认证，借此赋予商船合法性，以与非法的商船区隔。

[2]1549年，耶稣会创始神父方济各·沙勿略（Francis Xavier）带领多列（Cosme de Torres）神父与佛南田（Juan Fernández）修士，抵达日本九州岛的鹿儿岛，成为第一批踏上日本国土的天主教传教士。随着海外贸易发展，天主教传播更为广泛，终致与佛教徒、基督教徒发生冲突，丰臣秀吉于1587、1597年颁布禁教令。并曾处决二十六名天主教徒，是为"二十六圣人"，至今长崎仍留有"二十六圣人殉教地"纪念馆。西班牙信仰天主教，亦传播天主教，故在被禁之列。

从魍港出发

1624 年，当荷兰人来到台湾的时候，台湾已不是一个蓁莽未开、草莱未辟的岛屿，而是有不少福建商人、外商、渔民、海盗、小生意人齐聚的地方。李旦、颜思齐已经有自己的舰队势力。颜思齐所面对的 1624 年，是一个欧洲诸国强权来临的复杂局势。

那时，没有人会想到，大历史的改变，会从边疆海隅开始。

1. 割肉治病的魍港妈祖

冬天的南台湾，天空蓝得透明，照着滨海辽阔的平野。

平野上，养殖鱼池连绵相接，海风吹拂，水波荡漾，回映出蔚蓝的天空。

偶尔有跃起的鱼，轻拍平静的水面。天地无声，波纹如画。

老渔民坐在池边抽着长寿烟。空旷的海，辽阔的天，渔民的影子显得更渺小了。

冬季的海风带着咸味，吹过台湾嘉义八掌溪的出海口，吹进布袋港边的太圣宫，却吹不散古庙香火缭绕的烟雾。

在庙的深处，供奉着一尊台湾最古老的妈祖。乡民传说，这是四百年前颜思齐时代从福建拜请来的妈祖神像。这是台湾最早的开台妈祖。

神像凝立在烟雾深处，穿过信众的香火，望向远方的台湾海峡。

为了追寻台湾开拓史，找寻颜思齐的历史足迹，我特地前来踏查。我想从地方耆老的口中，从民间流传的记忆里，找回一页属于民众的历史。中国沿海的居民，都信奉妈祖，无论多远的地方，远到日本的长崎、平户，东南亚的印度尼西亚、新加坡、马尼拉等，都有妈祖庙。

妈祖庙的历史，往往就是一部中国人的移民史。

我在长崎看过 17 世纪初的中国人庙宇：崇福寺、圣福寺、福济寺等，都是一部部比历史记载更真实的移民史。那历史，存在于妈祖神像身上，连美国的原子弹都不能毁灭。

在台湾，拥有最古老妈祖神像的太圣宫，就是一个必须踏查的所在。庙宇的管理委员会前任主委蔡隆德是一个地方史的研究者，他曾和学者黄明德根据"1636 年荷兰人密德尔堡（Pieter Jansz van Middelburg）手绘的台湾西海岸航海图，使用 GARMIN 公司卫星定位仪，推定 1636 年荷兰人建立的魍港城寨（Reduyt Vlissingen）地址在北纬 23 度 22.32，东经 120 度 10.94 附近。当年海图上标示的渔夫岛符合现今前东港龙山宫的经纬度地址。"[1]

他用古航海地图和卫星定位，找出古魍港泊船的水域介于现今布袋镇前东港：义竹乡龙蛟潭、楝榔港与北港仔之间。当然也说明台湾的海港总是随着每年的台风大水冲刷，积沙成洲，不断改变沿海的地形地貌。找到古港口的地址，就能找到当年颜思齐来台时停泊的港口，颜思齐开台建寨的地点，那历史活动的轨迹，也才能找到。

这里古地名叫魍港，是台湾最早进入历史纪录的地名之一。16 世纪，福建的渔民、海商和海盗，最初就集聚在这个港湾，和大海奋战，和日本人、荷兰人交易。

"再来就要进入乌鱼季了。啊，那可热闹了。我们这个魍港啊，就是这样来的。四百多年前，许多福建人渡海来台，就是从这里开始。"对魍港的历史如数家珍的文史工作者蔡隆德说。

"来吧，我先带你进去看那一尊最古老的妈祖像。"蔡德隆以一种准备带我走进历史隧道的口吻说。

太阳慢慢西斜，冬日的阳光射在广场上，反光照进幽暗的庙厅里，几尊神明在夕阳下闪动着金身光泽。

　　前殿祀奉中国道教传统的五府千岁（李府千岁、程府千岁、九龙三公魏天忠、令公爷、尹府千岁），神像的衣服看起来金身鲜亮，我们合十敬拜。进入后殿，才看见这座庙主祀的神明——台湾最古老的明朝开基妈祖——"魍港妈祖"。妈祖像已鉴定为历史文物，所以用栅栏保护起来，再覆以金黄色的布幔。布幔两边供奉着鲜花素果。简单朴素，庄重宁静。妈祖的脸上，经历三四百年的香火熏绕，蒙上一层深深的黑色，更加让人无法看透妈祖的表情。

　　民间传说，这一尊妈祖有神奇的治愈能力，会透过乩童开药方，如果碰上疑难杂症，还会指示乩童挖掘底部一小块木屑以为药引。所以她也被称为"割肉治病的魍港妈祖"。

　　太圣宫传说，这是 1621 年颜思齐来台开垦之后，生活日渐安定，乃回湄洲妈祖庙请来的这一尊神像。在那草莱初辟的阶段，生存都来不及，何况留下文字纪录，因此这一段历史没有任何可证明的文件。

　　然而，1994 年成功大学史学教授石万寿率先发布它是明朝妈祖后，震惊各方。经过教育部门、文化界的鉴定，虽然不敢完全肯定，但从她的造型、面容、神像特征，可以证明是明末风格，而非清朝所雕刻。"魍港妈祖神像，金身长，额头宽，座椅小，符合航海方便，而安座于船上也。魍港妈祖神像，造型与人类体型比例相等。冕旒珠廉九条为妃，十二条为后，而魍港妈祖，冕旒珠廉九条为妃。"[2]成功大学石万寿教授如是说。

妈祖本被封为"天妃",是在 1684 年（康熙二十三年）才从"护国庇民妙灵昭应安仁普济天妃"改封为"天后"。所以有九条冕旒珠廉的是"天妃",为明朝所供奉。若是清朝,便应是十二条冕旒珠廉了。

从福建开始,在世界各地,有航海人的地方,就有妈祖,有妈祖庙,这几乎是一种常民文化。北至日本的长崎、平户,南至马六甲海峡,菲律宾、新加坡、万丹,天涯海角,中国人的海神——妈祖就在那里。

然而这"魍港"的地名又是从何而来？

2. 乌鱼子

台湾人保持传统习俗,农历春节总要全家团圆。除夕夜围炉的时候,为了庆祝,小康之家总喜欢烤一片当令的乌鱼子当下酒菜。用金门高粱酒先浸泡一小时左右,让酒香浸透乌鱼子,再利用五十八度的高粱酒,点上火烧,等到火熄,就可以了。表皮烤得微焦竭色,内里金黄鲜亮,口感绵密弹牙,配合一小片大蒜苗或苹果一起入口,让乌鱼子的微苦回甘与苹果的清爽和着酒香一起缓缓咀嚼,年节的气氛便充满浓郁的幸福感。

日本人好乌鱼子,但那里所产的总是瘦瘦薄薄的,因为乌鱼还未长好,等到乌鱼洄游到台湾,正好长大肥美,特别饱满。乌鱼子，真是台湾特有的珍品。

在文史纪录里，明朝时期已有不少福建渔民乘着东北季风来台湾捕鱼。

乌鱼是洄游性的生物，顺着黑潮，沿大陆的东海南下，进入台湾海峡。到了农历冬至前后的二十天左右（大约是阳历 12 月中旬），正好穿过台湾，从北部新竹、苗栗南下，经过鹿港、嘉义、台南等地，最后到屏东。依季节的变化、气候的冷暖，乌鱼或许会早几天、晚几天，但南下到屏东海域产卵，却是生物的本能，永恒的旋律。此时正是乌鱼最肥美的时节。等到产完卵，鱼瘦了，便不再捕。

渔民把乌鱼称为"乌金"。

盛产的时节，乌鱼会成群地来临，多得不得了，鱼群所经之处，溢满整个海面。几十万条乌鱼互相推挤，争着要跃出水面，跃起了又落下，像一群欢快的孩子，蹦蹦跳跳，不知休止。鱼群会形成一条巨龙般的柱子，在大海中翻滚。由于它的集体力量太强大了，渔网根本无法撑住，很容易冲破，所以有些聪明的渔民这时会用镖枪。但镖枪太慢，那种集体狂野、龙柱般的鱼群，也不是常有，为了抓得更多，渔民还是用渔网。

抓了几天下来，渔网不免被强大的鱼群冲破，破了就得补。于是渔民在八掌溪口的海岸边晒网子，一边补破网。

每年乌鱼季节，福建渔民从厦门、泉州、漳州来，就在海边筑了简易的草寮而居，把渔获收集在草寮里，把乌鱼卵取出来，和鱼肉分割好，用盐巴腌渍，分别晒干。金黄色的乌鱼子贵重价格好，连日本商人都喜欢，更不必说福建的富贵人家。乌鱼干虽然较便宜，但它耐保存，可以成为海上的食物，卖个好价钱。

整个乌鱼季，福建渔民就在这里捕鱼、晒鱼、晒网。海港边都是渔网，所以这里自然而然被称为“魍港”。也有写成了“蚊港”，无非是闽南语发音的“网”、“魍”与“蚊”，是一样的。

魍港，不是因为它有海盗，是“魑魅魍魉、牛鬼蛇神”的窝，而是渔民劳动、生活的写照。

《热兰遮城日志》1633 年 1 月 14、15 日有这样记载：“……下午有十八艘渔夫的戎克船从南边来，载来约一万五千条乌鱼。”

说来好玩，“戎克船”，根据史学家的考证，就是闽南语音的“船”，写为“艅”或“艚”的音译，其实就是中国风帆船，被外国人音译，又翻回中文，就变成了中国人都不认得的三个字“戎克船”。[3]

想想，当时仅仅是台南附近海域，可以供十八艘设备简单的中国帆船，一两天内捕到一万五千多条乌鱼，那是何等盛况！荷兰人发给捕乌船每船一面黑旗，准其捞捕，再课以什一税，也大赚了一票。

渔民在这里捕鱼，也要吃饭、补给淡水过日子，所以就得学习平埔人的语言，沟通无碍，才能买菜买肉过生活。他们向平埔人买鹿肉、鹿皮、鹿角、山产、小米等生活上的必需品，但台湾没有货币交易，福建人便带来玛瑙、服饰、耳环、铃铛、木箱子等一些平埔人不会有的新奇东西，以物易物，互通有无。

每年的乌鱼季节只有在冬至前后约二十天，季节结束，渔民整理好渔获，就回家了。所以福建渔民都回去了，只有少数人留下来开垦。渐渐的，也有一些人找地方建屋长住，成为通晓平埔人语言的居民，他们会囤积一些鹿皮、鹿肉干、山产，等大陆渔民、商船来的时候，可以卖给他们，提供服务，赚取一些费用。

也正因为如此，魍港之名在福建漳泉一带颇有名声。15、16世纪，连海盗都知道可以来这里补给、躲藏。

3. 海盗时代

明朝历史曾记载，嘉靖年间，著名的海盗，漳州人陈老"结巢澎湖"，广东人林道乾被官兵追剿，逃到澎湖，随即"遁入魍港"。因为魍港的地形复杂，沙洲连绵，海水深浅不一，官兵的大船不容易追查，而留下来居住的福建人又可以提供各种补给，因此变成一个很好的避风港、海盗窝。

所谓"海盗"，也并非是"盗"，他们和一般传说中烧杀掳掠的"海盗"不一样，其中有不少人是因为海禁而被迫成为非法海上交易的"海商",为了避免被朝廷追查而来台湾交易。在这里,有时为了等候其他地区的买家到来,得花上一两个月;有时为了等候南下或北上的季风,得等上一个季节。一条船的工作人员至少五十人至一百人,食物、水、酒的需求量不小,当然要向百姓买食物用品,进货出货也需要人手帮忙。等候太久,就得建一个临时仓库。这都是海上交易的必要条件。

魍港,就是这样的地方。

然而,海商在当时要生存是非常不容易的。

碰上来抢的海盗,只能武力对抗,厮杀一场,保命兼保货。杀伐成性,"海商"往往变"海盗"。

从欧洲来的葡萄牙、西班牙、荷兰的大船,拥有强大武器,火炮精良,资本充足,做生意的时候是大海商,抢起来就变大海盗。

成王败寇,乱世出枭雄。16世纪,有一个强悍的福建海盗,叫林凤。1574年,他被明朝的官兵追剿,带领手下一路逃到魍港,正在休整兵马,手下居然在海上抓到两艘从马尼拉要返航福建的帆船。这是漳州月港合法开港的时期,商船特别多。林凤除了劫获满船的金银财宝,一盘问,知道西班牙人已经占领马尼拉,但只有七十几个人在马尼拉防守,武力虚弱。他一听大喜,立即集结七百多个部下,开了船队,想打败西班牙人,占据马尼拉。

试想:一个海盗有七百多名部下,显然他的势力不小,而这七百人的饮水补给、食物等，天天都需要，这也不是一个省事的活儿。由此可见当时的魍港已经有不少汉人在这里帮着交易补给了。

林凤的海盗船队从魍港出发，几天后到达马尼拉，一上岸，自恃人马比西班牙多了十倍，悍然采取正面围攻。不料，西班牙火枪是新式武器，杀伤力强大，林凤的传统刀剑弓箭根本不是对手。几度冲锋，死了一百七十来人，也没能攻下，他看到死伤狼藉，久攻不下，只好放弃。林凤不得已退回魍港，明朝还派兵追捕，他只好跑到东南亚其他国家，最后不知所终。

正是在历史交汇的时刻，魍港跃上了国际舞台。

4. 东番夷人

1602 年，一群倭寇肆虐广东、福建沿海，最后流窜到台湾魍港。福建海坛守将沈有容决定派兵征伐"东番"的倭寇。沈有容是一个有谋略的人，他一边招兵买马，操练海战，一边派福建渔民到台湾打探消息，发现从嘉义到屏东，台湾各地沿海都有一些小岛屿，供小船停泊。准备好了之后，万历三十年 12 月 8 日（1602 年 1 月 9 日），他发船二十一艘，攻打魍港等海边的倭寇据点。焚毁倭船，斩首十五人，俘虏三百七十人。沈有容的战功一下子震撼了东亚海域，倭寇一时间销声匿迹。

六十二岁的陈第跟着沈有容出征，访问来台湾的福建渔民、商人，听到不少风土民俗见闻，遂写下《东番记》一文。这是"魍港"首度见诸历史记载的文献。

东番夷人不知所自始，居澎湖外洋海岛中。起魍港、加老湾，历大员、尧港、打狗屿、小淡水、双溪口、加哩林、沙巴里、大帮坑，皆其居也，断续凡千余里。种类甚蕃，别为社，社或千人，或五六百。无酋长，子女多者众雄之，听其号令。性好勇喜斗，无事昼夜习走。足蹋皮厚数分，履荆棘如平地，速不后犇马，能终日不息，纵之，度可数百里。邻社有隙则兴兵，期而后战。疾力相杀伤，次日即解怨，往来如初，不相雠。所斩首，剔肉存骨，悬之门，其门悬骷髅多者，称壮士。

居岛中，不能舟；酷畏海，捕鱼则于溪涧，故老死不与他夷相往来。……始皆聚居滨海，嘉靖末，遭倭焚掠，乃避居山。倭鸟铳长技，东番独恃镖，故弗格。居山后，始通中国，今则日盛。漳、泉之惠民、充龙、烈屿诸澳，往往译其语，与贸易；以玛瑙、瓷器、布、盐、铜簪环之类，易其鹿脯、皮角。间遗之故衣，喜藏之，或见华人，一着，旋复脱去。得布亦藏之。不冠不履，裸以出入，自以为易简云。

这一段记载透露了许多重要讯息："东番夷人"所居住的地方，从最南端的打狗（现在高雄），到北端的大帮坑（应为现在的大坌坑，位于新北市八里区），都有了地名。有意思的是都以闽南语发音再译写为中文。用闽南语去念，它的原意就会显现出来，例如"大帮坑"与"大坌坑"，而"东番"之音，也与"台湾"相近。

这就说明了陈第听说的这些地方都有闽南渔民或商人去过，而且去的人不少，才会有口耳相传的闽南语地名。

其次是他对东番夷人的描述，有一种人类学志的趣味。包括了各自为社，孩子多力量大，就统领族人，并无一个封建君主制的权力中心；社的大小不一，番社间有仇怨，可相约决战，打完了就当场解消仇恨，不得寻仇。而斩下来的人头，则去肉存骨，挂在门前，以显示其英勇。

从全球史的角度看，它记载了：

一、日本倭寇常来抢劫，带着鸟铳，平埔人只有镖枪，打不过他们，就躲避到山后去。这就表示，1603 年时，日本倭寇已经使用葡萄牙人引进的枪支当武器，相当先进，并以此在中国东南沿海抢劫，难怪明朝官兵难以抵挡。倭寇的肆虐，确实与武器有关。

二、当时已有不少福建人往来于东番与夷人交易，交易地点从南到北都有。这显示台湾日渐成为两岸交易的地方。

不过，由于东番夷人的航海船只只是传统的木筏、竹筏，无法过海去福建，因此交易都是福建人来台湾，东番夷人无法去。这也显示台湾西部沿海的少数民族，航海技术并不具备远洋航行能力，所以不能出洋贸易。以此观之，少数民族居民之移入台湾，可能需要更长的时间，人类学上的"慢船理论"可能更为准确。

三、闽南人可以翻译其语，表示福建人来此久了，交易已有一段时间，彼此沟通无碍。交易的货品，福建人提供玛瑙、瓷器、布、盐、铜簪环，而买去的是鹿肉、鹿皮、鹿角等。由于没有货币，交易是以物易物进行的。

四、由于衣服布料是和汉人交易而来，得之不易，所以特别珍惜，总是珍藏着，要有客人来的时候，才拿出来穿，一件一件穿上去，显示自己的财富。等到客人走了，衣服再珍藏起来。这种穿衣服的行为方式，不是一天造成的，而是有一段时间，才会变成一种习惯，这也显示汉人的交易已经进行好一阵子了。

五、重要的是：海上交易不是有一个固定地点的市集，人来了买好就走，而是需要到居住地附近，找东番夷人买卖东西、集货、讨论价钱，把货集中到海边，这才能够由福建船运回去。这个过程需要懂得彼此语言，以及熟悉而互相信任的人。

可以设想，在那风帆船的时代，航行依靠的是季风的吹拂。冬天吹东北季风，适合船只南下，夏天的西南季风则适合向北方扬帆。从福建航向台湾，也不外乎此。交易的季节，互相往来，男女生了情感，最后留下居住者，或者留下孩子，应也不在少数。

1601 年，荷兰东印度公司第一次攻打澳门，想占领葡萄牙的据点，取代他们。但兵力不够，失败了。

1604 年 6 月，荷兰舰队司令韦麻郎（Wybrant van Waer-wyk）率领一支舰队，从马来半岛出发，7 月中旬到达广东沿岸，准备侵略澳门，但遇上台风，8 月 7 日，在李锦与潘秀的引导下，荷兰舰队开到澎湖，占领了澎湖，打算把这里当成基地。韦麻郎从澎湖派人到福建请求互市，但明朝当时还有海禁政策，无意与荷兰贸易，更何况荷兰先占了澎湖，这不是占了人家大门口，硬要强迫做生意，怎么可能？

福建总兵施德正闻讯后，马上派出赴台征战倭寇有经验的都司沈有容率兵船五十艘，搭载大约二千名士兵，于 11 月 18 日驶抵澎湖马公。沈有容在"娘妈宫"（今澎湖天后宫）会晤韦麻郎，要求荷兰撤离。韦麻郎因兵力悬殊，粮食也告罄，只得于 12 月 15 日离开。他随即转往台湾寻找新据点。这就是著名的"沈有容谕退红毛番"。红毛番当然不会因"谕"而退，主要是韦麻郎只有两艘船，实力不济只得撤退。

事后明朝政府为表扬这件事，刻了"沈有容谕退红毛番"的石碑，放在澎湖的天后宫。19 世纪中法战争时天后

19

宫损毁严重，此碑亦失去踪影，直到 1919 年重修，才在祭坛的地下挖掘出来，现仍设置于天后宫内，成为澎湖观光的重要景点。

虽然沈有容"谕退红毛蕃"，但荷兰人没有退走，他们徘徊在东亚海域，继续找机会抢劫。

事实上，入侵澎湖的前一年，1603 年，荷兰东印度公司才在马六甲海峡俘虏一艘葡萄牙商船，整船押回阿姆斯特丹，一件一件拍卖，大卖了 340 万荷兰盾，等于是东印度公司成立时的半个资本额。每个投资者瞬间回本一半，做海盗这么好赚，荷兰东印度公司怎么会回去呢？

记载显示，他们也曾到台湾，然而，魍港水域的沙洲水浅，地形复杂，不适合欧洲这种吃水重的远洋大船靠岸，荷兰无意在此设港，补给之后就走了。

四百多年前，在渔民和海盗交汇的时代，魍港，这个靠着八掌溪的河水冲积出来的沙洲地，逐渐踏上一条自己都无法预测的命运之路。

"将近四百年前，也就是 1621 年，颜思齐最初上岸的地方，应该就是我们这里。魍港，是开台第一港。"在黄昏的金色光泽中，太圣宫庙前的老人家用一种爱乡爱土的深情，很自豪地这样说。

5. 开台第一庄？

沿着海岸线开车，从魍港出发，约莫半小时车程，就会到达云林县水林乡。

一座大大的标示牌立在交叉路口，上书"开台第一庄"。

在水林乡的入口处，竖立着颜思齐来台后开辟"十寨"的所在地图。分别有：主寨、右寨、左寨、粮草寨、海防寨、哨船寨、前寨、后寨、抚番寨、北寨。每寨各有功能，有前有后，有进攻，有防守，有安抚，有储备，整体的布局完整，海洋备战的意味浓厚。

十寨中，水林乡就占了五个，又是颜思齐主寨的所在，当然自称是"开台第一庄"。乡公所与地方文史工作者以此为主题，进行历史氛围的营造，提振观光。他们找一位漫画家，将颜思齐的故事画成漫画，在乡间小路边，一幅一幅，形象活泼的人物，彩绘在三合院的砖墙、土埆厝的壁面上。虽然漫画看起来有些粗糙，现实中也无颜思齐的历史遗迹，但纯朴而充满诚意，一种慎终追远的孺慕之情，联结着开台王颜思齐的用心，还是让人感动。

就像台湾滨海小村一样，水林乡靠近海边，海风带来盐分，土地不适合种植水稻，所以大多种植花生、蒜头等。

农民在田中收成，拔出一串花生，一根茎上串着累累的果实，有如《诗经》中"瓜瓞绵绵"的意象。只是这经济作物并不富裕，只能勉强生存。想象着当年颜思齐带领众家兄弟，在这荒凉大地上开疆辟土，要生存还要迎战各方，也真是不容易。

距颜厝寮路边约 30 米处，有一小山丘，据村长说，所有颜姓子弟订立每年农历 3 月 29 日为清明扫墓，聚集在此祭拜，山丘下尚埋着颜姓先民的骨骸。现在颜姓子孙大部分外移，目前仅有约 17 户人家还住在这里。

在水林乡水北村颜厝寮一间名为"佑真府"的小庙里，主殿祀奉朱府千岁（四王），五府千岁李王、池王、吴王、范王、观世音菩萨等神尊陪祀。最特别的是，台湾许多供奉"朱府千岁"的庙宇，都和明朝有关。他们感念颜思齐、郑成功的开台之功，在清朝时期又不能供奉郑成功，于是转而供奉名目较为模糊的"朱府千岁"（明朝皇帝姓朱）。在佑真府的旁边，有一间小楼名为"颜思齐开台纪念馆"，里面以彩绘的图像，象征海洋开发的装置艺术，呈现颜思齐史迹。

然而，对水林乡自称"开台第一庄"，北港不服气了。有学者指出，颜思齐来台的时候，水林乡还是海边的沙洲，怎么会是设庄的地方？

这就涉及台湾河川地质。台湾河流短而急，夏季每遇台风暴雨，大水冲刷，山上地质往往崩塌，挟泥沙以俱下，就在入海口冲积出沙洲，因此台湾海岸线逐年向外延伸。明朝时北港还是海边的口岸，现在已成为市中心的道路生活区。像台南市为清朝台湾府的所在，曾作为清朝官员靠港上岸的码头，立过石碑，现在已成为市中心，车水马龙的闹区。

所以也有文史工作者认为，旧称"笨港"的北港，才是当年"开港"的所在，开台的起始地。1959年，台湾省政府在北港市区设立"颜思齐开拓台湾纪念碑"。

然而，在荷兰人的航海图里，魍港和北港是不同的标示，这就表示它是不同的地方。

魍港？笨港？北港？十寨？哪里才是颜思齐起始的所在？

颜思齐这一个人，这一段历史，为什么被这些地方人士争夺？

他对台湾历史、对大航海时代的东亚，到底有什么意义？

6. 海上争霸

虽然民间说法确证，却也曾有日本学者（例如岩生成一）就怀疑到底有没有颜思齐这个人。

论据是：如果有颜思齐，依他当时与荷兰人同一年（1624）进入台湾，颜思齐开拓"魍港"（即今日北港溪出海口一带，距台南很近），而荷兰人在大员筑城，何以在荷兰东印度公司报告中，没见到颜思齐的名字？日本学者岩生成一甚至怀疑，一些名字指的是李旦，在东印度公司报告中名为"Captain China"，但却未见颜思齐。[4]

用荷兰人报告未见而否定一个历史人物的存在，这也太武断了。更何况，荷兰东印度公司的报告卷帙浩繁，也非岩生成一所能看尽，怎么可以因自己未见而判断无此人呢？

更何况，连横在写作台湾史的调查访问中，分明讲述着颜思齐开台的故事。

连横《台湾通史》以"颜郑列传"为列传之首。在前言中说："台湾固海上荒岛，我先民入而拓之，以长育子姓，至于今是赖。故自开辟以来，我族我宗之衣食于兹者，不知其几何年。而史文零落，硕德无闻，余甚憾之。间尝陟高山、临深谷，揽怀古迹，凭吊兴亡，徘徊而不能去。又尝过诸罗之野，游三界之埔，田夫故老，往往道颜思齐之事。而墓门已圮，宿草萋焉。呜乎！是岂非手拓台湾之壮士也欤！而今何如哉！故余叙列传，以思齐为首，而郑芝龙附焉。"

这分明是连横曾见到过颜思齐的墓。那么，人们要相信连横？还是荷兰东印度公司？

幸好，新的证据出现了。根据江树生先生所译的在台湾的荷兰长官宋克（Martinus Sonck）给巴达维亚总部的报告书信，1624 年 11 月 5 日，宋克寄给巴达维亚总督卡本提耳（Pieter de Carpentier）的信中写道："上面我提过，所有我们的船只都已经航离澎湖，不过我们从中国人甲必丹（Captain China）李旦的一个伙伴颜思齐（Pedro China）处租用一艘戎克船，船上搭乘两名公司的人员，在预先告知王守备，他现在担任澎湖的官长，并取得他的同意之后，于（1624 年）10 月 29 日出发，航往澎湖，要去等候即将从日本航来的我们的船只，要去把寄来此地的信带回来，把我们的信交给那些船只的主管，带去巴达维亚，并去秘密侦查那边的情形和中国人的活动。"[5]

此信证明，颜思齐在台湾的活动早于荷兰人，同时他拥有的船只足以租给荷兰人用，而荷兰人显然被迫离开澎湖，心不甘情不愿，还想回头秘密侦查。

1624 年 12 月 12 日，宋克在写给卡本提耳的信中，写了如下内容："此地有几艘中国人甲必丹（李旦）和颜思齐手下的戎克船，我们希望他们偕同的舰队去（马尼拉）为公司工作，上述甲必丹和颜思齐看起来也乐于这样做，因此将如此进行，因为我们认为他们会做得很好。"[6]

这一份报告显示，颜思齐一定有不少船只，足以供他自己航行经商之外，也能出租给荷兰。这整船的租用，当然包括他的手下船员。这也显示颜思齐应有不少的船只和手下，足供调度。

至于报告所称"偕同的舰队去马尼拉为公司工作",却有些诡异。因为马尼拉是西班牙的地盘,当时荷兰正与西班牙打得不可开交,荷兰常常在海上打劫马尼拉附近的西班牙船以及在月港、马尼拉之间经商的中国船,荷兰是不是用"合伙"的方式,"偕同"李旦、颜思齐的舰队去打劫西班牙?劫来的货,可不可以分成呢?所以李旦、颜思齐是连船带人,跟荷兰东印度公司"入股"?或者,只是一起经商,分享利润?这是值得探究的"内情"。

颜思齐,作为一名福建漳州青礁的子弟,一个月港的行船人,一条经略东海的汉子,要如何在这个海洋争霸的时代生存?

一个欧洲列强群帆并至,日本海上崛起,中国海市初开,东亚海域风雷惊响的时代,在中国人面前展开。

全球化时代首部曲:海上争霸史,以大锣大鼓,铙钹齐响的炮声,敲开序幕。

注释:

[1]黄明德、蔡隆德合著:《古魍港寻迹》,《台湾文献》,第51卷第3期,2000年版。

[2]石万寿著:《台湾的妈祖信仰》,台原出版社,2000年版。

[3]在学界沿用成习,许多书都如此翻译,本书引用其文不能改动,所以援例引用。

[4]岩生成一著:《明末侨寓日本支那人甲必丹李旦考》,许贤瑶

译,《台北文献》128 期，1999 年版。

　　［5］台湾文献馆主编：《荷兰台湾长官致巴达维亚总督书信集 I：1622—1626》，江树生主译、注，南天书局，2007 年版。

　　［6］同上。

勇者的血脉

1602 年，荷兰的船队在圣赫勒拿岛附近，俘虏了一艘葡萄牙的大船圣伊阿戈号（San Iago），船上满载中国的丝绸、瓷器、漆器。荷兰东印度公司才刚在这一年的 3 月 20 日宣告成立，这一艘船是第一个战利品。

这些货品都来自中国刚开放不久的一个小港口——福建月港。这将彻底改变月港的命运，更影响了一个年轻人，而那个年轻人将会改变台湾的命运。

1. 青礁世家

"台湾固海上荒岛，我先民入而拓之，以长育子姓，至于今是赖。故自开辟以来，我族我宗之衣食于兹者，不知其几何年。而史文零落，硕德无闻，余甚憾之。"

这是连横在《台湾通史·颜郑列传》中的深深感叹。

为了写台湾史，他曾踏查台湾各地，在田夫故老的口中，听到颜思齐、郑芝龙的故事，也曾看过颜思齐的墓，却只能望着"墓门已圮"，心中长叹。他对台湾缺乏开拓历史、缺乏斯土斯民的生命记忆，英雄人物只能流传于民间，深感遗憾，是以《台湾通史》的列传，即以颜思齐为开篇第一章，称誉为"手拓台湾之壮士"。在连横的心中，自有非凡的意义。

然而对颜思齐的身世，他却写得非常简短：

> 思齐，福建海澄人，字振泉。雄健，精武艺。遭宦家之辱，愤杀其仆，逃日本为缝工。数年，家渐富，仗义疏财，众信倚之。
>
> 天启四年夏，华船多至长崎贸易，有船主杨天生亦福建晋江人，桀黠多智，与思齐相友善。当是时，德川幕府秉政，文恬武嬉；思齐谋起事，天生助之。游说李德、洪升、陈衷纪、郑芝龙等二十有六人，皆豪士也。六月望日，会于思齐所，礼告皇天后土，以次为兄弟。芝龙最少，年十八，才略过人，思齐重之。
>
> 芝龙南安石井人，少名一官，字飞黄。父绍祖，为泉州太守叶善继吏。芝龙方十岁，常戏投石子，误中太守额。太守擒治之，见其状貌，笑而释焉。居无何，落魄之日本，娶平户士人女田川氏，生成功。

思齐既谋起事，事泄，幕吏将捕之，各驾船逃。及出海，皇皇无所之。袁纪进曰："吾闻台湾为海上荒岛，势控东南，地肥饶可霸。今当先取其地，然后侵略四方，则扶余之业可成也。"从之。航行八日夜，至台湾。入北港，筑寨以居，镇抚土番，分汛所部耕猎。未几而绍祖死。芝龙昆仲多入台，漳泉无业之民亦先后至，凡三千余人。

五年秋九月，思齐率健儿入诸罗山打猎，欢饮大醉，伤寒病数日笃，召芝龙诸人而告曰："不佞与公等共事二载，本期建立功业，扬中国声名。今壮志未遂，中道夭折，公等其继起。"言罢而泣，众亦泣。

思齐死，葬于诸罗东南三界埔山，其墓犹存。卒哭之日，天生议举一人为主，众曰可。乃奉盘鍉割牲而盟，以剑插米，各当剑拜，共约拜而剑跃起者为主。至芝龙而剑跃出地，众乃服，推为魁。然大权仍归袁纪。袁纪亦海澄人，最桀骜，芝龙犹阳奉焉。

在六百多字的叙述里，连横浓缩了颜思齐与郑芝龙崛起的身世，而对颜思齐的身世写得更为简短，只有"雄健，精武艺。遭宦家之辱，愤杀其仆，逃日本为缝工"二十字。这岂足以说明颜思齐从出生到日本的青年时代，到底发生了什么事？

根据颜思齐家谱中记载，他亡命日本那年是二十二岁，换言之，从出生的 1589 到 1611 年之间，颜思齐所在的漳州以及青礁村所在的月港，是什么样的环境？什么样的社会？

在颜思齐出生前二十二年，即隆庆元年（1567），月港开港，成为中国第一个合法对外贸易的商港，那时葡萄牙、西班牙商船穿梭在月港周围，等候中国船只开出去交易，商贾云集，那是一个何等繁华的开放时代，颜思齐为什么愤而杀宦家之仆？

这谜一般的身世，唯有从他的成长背景和那辽阔而复杂的大航海时代说起。

颜思齐，生于福建海澄，即今天厦门的海沧青礁村。

在青礁村颜氏宗祠里，仍保留家族的族谱与绵远流长的记录。青村颜家的开基祖为颜慥（1009—1077）。据《海澄县志》记载：颜慥，字汝实，为复圣颜回的第五十世孙，唐朝书家颜真卿的十一世孙，为颜氏入闽的第六世孙。早年在漳州西湖白莲书院读书，与蔡襄结为至交。宋仁宗庆历年间，蔡襄任郡守时，受聘为漳州路教授。举凡蔡襄要提倡新政，他都鼎力相助。可惜颜慥的科举之途坎坷，屡试不第。后来蔡襄上京任瑞明殿学士，颜慥即举家迁往龙溪青礁（即今天厦门青礁），过着隐居的生活。

蔡襄曾为此写了一首诗《别颜慥下第》："四上不登第，漂流二十年。依依去国恨，杯酒春风前。"对颜慥的人生际遇深感惋惜。

　　颜慥倒是甘于隐居生活。他自号"八十遁翁"，远离官场，读书教学。当时漳州还是一个涝旱相连、瘴疠横生、文教未兴的地方，颜慥定居青礁以后，兴办书院，传授儒学，周围百里的学子都来就学。被誉为漳州的"一世儒宗"。

　　颜家门风以"崇文重教"而闻名，至第五世孙，科甲联登，绵延四百多年。历宋、元、明而有数十位进士。颜家从青礁开枝散叶，后裔遍布闽粤台及海外。

　　一个家族后代的迁徙，总不外乎几个原因：一、避乱。由于朝代更迭，世局动荡，不得已而迁徙。像"乙丑之岁，家运中厄"或遭遇兵灾，或如清初为抵制郑成功而迁界，被迫离乡。二、谋生，最常见的是由于饥荒，为了生存而远走他乡。也有迁徙海外，为经商远行。三、避祸，像颜思齐为了避免官司，远走日本；或为了躲避瘟疫，举家迁徙。四、致仕。由于任官而迁居为官之处，也有人最后定居其地。

　　历经千年迁徙，颜慥的家族绵延至世界各地。在台湾，颜家也开枝散叶，成为重要的一脉。[1]

　　而青礁村颜氏宗祠的后方，仍立着一个古老的墓碑，上面以典型的颜体字写着"颜氏始祖之墓"。

　　颜思齐是颜慥的二十世孙。根据颜氏族谱所载，他生于1589年，卒于1625年，得年三十六岁。

　　每一个人的生命，都是时代与社会的产物。在谈及颜思齐的历史之前，我们不妨先来看看，一个生于青礁的孩子，将面对什么样的时代，什么样的社会，什么样的世局。让我们还原历史情境，透过一个年轻人的生命，去看见一个广阔的大时代。

2. 克拉克瓷与王阳明

故事，要从最具有中国象征性的瓷器（china）说起。

1602 年，荷兰的船队在圣赫勒拿岛附近，俘虏一艘葡萄牙的大船圣伊阿戈号，船上满载中国的丝绸、瓷器、漆器。荷兰东印度公司才刚在这一年的 3 月 20 日宣告成立，这一艘船是第一个战利品。

圣赫勒拿岛（它最著名的是两百多年后的 1815 年，拿破仑被流放至此，1821 年死于岛上）位于从亚洲通往欧洲的航道，葡萄牙满载货品的大船，便要返航，却被荷兰打劫。荷兰拍卖出来的瓷器惊艳欧洲，各地买家都来抢购。

荷兰人不知道如何称呼这些漂亮的瓷器，于是以那一艘葡萄牙船的型号"克拉克帆船"命名为"克拉克瓷"（kraakporselein）。

"克拉克船"是欧洲中世纪发展出来的一种往来于大西洋的贸易船，前后两端高起，像两层高的小楼，船中间是平底，向两侧呈圆弧形张开，安装好几门大炮，大船上可载有船员和战士两三百人。这是一种适于远洋航行并防御海盗而设计的船。为了防水，底部常涂着黑色沥青，所以日本人又叫它"大黑船"。碰上中国戎克船的时候，要作战，就直接撞上去，凭着它高大如楼的船首，比中式帆船高三倍的高度，大三倍以上的体量，直接将较小的戎克船撞翻，"压"入海底，战略上占尽优势。葡萄牙人靠着这种船征服非洲、印度和南洋的一些香料群岛，却不料栽在荷兰东印度公司的手上。[2]

来年（1603）荷兰东印度公司的船队在马六甲海峡——连接印度洋与南中国海的海上通道——柔佛，又俘虏葡萄牙的圣卡塔莉娜号（Santa Catarina）。这是17世纪最轰动的掠夺船货案。圣卡塔莉娜号载了总重超过50吨的10万件瓷器，以及1200捆的中国丝绸，那一年意大利丝的生产停摆，那批丝销路好得不得了。北欧诸国采购的买家群集阿姆斯特丹，各国国王要他们不管行情多少，一律买下。

那时，先来到东亚的葡萄牙人在马六甲、澳门、日本做转口贸易，西班牙人在马尼拉建立殖民地，晚来的荷兰人还没有据点，就在海上到处打劫。荷兰东印度公司的大甩卖，造成很大轰动。拍卖的总收入有340万荷盾，超过荷兰东印度公司成立之时认购资本额一半以上。当时，一个荷兰教师的年收入约280荷盾。而一个受雇到船上的船员，年薪也只有大约120荷盾。用现在一个荷兰教师的平均年薪约有六万美元对比，换算下来，它相当于当代的七亿美元。

此次劫掠财富之巨，可想而知。也难怪荷兰自此热衷于海盗事业。

　　加拿大汉学家卜正民在《维梅尔的帽子：从一幅画看17世纪全球贸易》中，曾如此描写欧洲人看到中国瓷器的震撼。

　　　　中国瓷器初抵欧洲，教见到或拿到的欧洲人大吃一惊。要欧洲人形容那东西，他们只想得到拿水晶来比拟。上了釉的表面坚硬而富光泽，釉底图案轮廓鲜明，色彩亮丽生动。最上等的瓷器薄到对着光看的时候，可以看到另一面拿着瓷器的手的影子。最令欧洲人侧目的风格是青花。青花瓷是薄白瓷，以钴蓝在表面作画，并涂上完全透明的釉。[3]

　　卜正民特别从技术的角度描述为什么欧洲人如此着迷于青花瓷：

　　　　青花其实是中国制瓷史上的晚期产物。在江西，有常替宫里制作瓷器的窑都景德镇。景德镇的陶工在14世纪才发展出烧制纯瓷的技术。烧瓷必须将窑温推升到摄氏1300度，才足以将釉料烧成如玻璃般透明，使釉料与瓷体融合为一。永远固着在釉与瓷体之间的乃是教人看得目不转睛的蓝色图案。欧洲最近似青花瓷的乃是釉陶（faïence）。釉陶是以摄氏900度的高温烧成的陶器，表面涂有氧化锡釉。釉陶表面似瓷器，但薄度和半透明度不如瓷器。欧洲人在 15 世纪从伊斯兰陶工那里习得制瓷技术，当时，伊斯兰陶工已懂得制造质量足与中国瓷匹敌的平价瓷器，以取代进口品。直到 1708 年，才有位日耳曼炼金术士在德勒斯登郊外的迈森（Meissen）镇，模仿出制造纯瓷的技术，不久，迈森也成为精瓷的同义词。

经过阿姆斯特丹大甩卖，"克拉克瓷"扬名欧洲。而中国的瓷器生产厂也订单不断，甚至可以应订单的要求，在青花瓷上画出欧洲的风景，工艺精美。这就是为什么在伦敦的博物馆里，中国青花瓷会有彩绘欧洲风景与建筑的原因。货物的出口则是通过当时中国唯一开放出口的港口——福建月港，源源不绝流到欧洲，为福建赚了大笔白银。

张燮在《东西洋考》书中，称这里是"天子南库"。依据统计，当时全世界的白银，有四分之一（亦有人估计是三分之一）是流入以白银为货币的中国，而月港，就是这个金流的主动脉。通过丝绸、瓷器等，福建商人与马尼拉的西班牙人频繁交易。西班牙人则从当时的美洲殖民地引进白银，让明朝成为"世界白银的坟墓"。

欧洲所不知道的是，这一大批瓷器都来自中国福建月港，一个才开港三十五年的小地方。那是因长期海禁，民间走私贸易风气太盛，明朝皇帝终于接受建议，在隆庆元年

（1567），合法开港，派人来监督收税。

月港，位于福建漳州的九龙江出海口，属于海澄县，因其港湾呈月亮形状而得名。它的南岸是龙海，北岸是海沧青礁村，这里，正是"开台王"颜思齐的出生地。九龙江是福建仅次于闽江的第二大河，上游是龙岩，下游在漳州，经过平和等地。开禁之后，月港给海外贸易开出一个窗口，也为上游的产业打开生机。谁也未曾料到，这个小小的窗口，在短短的时间里就成为当时国际贸易最繁忙的所在。

葡萄牙人来此交易，圣伊阿戈号与圣卡塔莉娜号船上的瓷器有九成来自江西景德镇，但在欧洲引起轰动之后，附近的平和镇生产的瓷器也跟着兴盛起来。

克拉克瓷的名气太大，明朝亡后，由于战乱，瓷器难以生产，欧洲因此引进漳州的工艺师，开始了瓷器的生产。工艺师也随着贸易船而传到日本，成为日本瓷器的起源。清朝初年，因为郑成功进行抗清之战，清廷坚壁清野，不仅实施海禁，还"迁界"，要居民退居海岸十里，使郑成功无法补给贸易。月港所建立起来的繁华景象就结束了。

然而，那迷人的克拉克瓷到底从何起源，却自此成谜，一直是欧洲和日本学界探询的课题。

1999 年，漳州举行"中国古陶瓷研究会"，邀请被称为"日本古陶瓷研究之父"的由崎彰一发表演说。由崎比对漳州平和古窑址出土的陶瓷与日本收藏的碗、盘、碟等的类似性与传承性，认为 16 世纪与 17 世纪初的中国外销陶瓷，主要产地在平和县南胜、五寨窑为代表的漳州窑。此说一出，解决了国际上悬而未决的问题，也为克拉克瓷、素三彩香盒找到原乡。

然而，平和县本不产陶瓷。它又从何而起呢？这就得谈到明朝大儒王阳明。

1511 年开始，福建、江西、广东交界地带发生民变，范围不断扩大。1516 年，王阳明被任命为都察院左佥都御史，巡抚南赣。他身负平乱重任，一到地方上即了解军情，分析当地叛民只是贫民无以为生而沦落为寇，打游击式的劫掠各地，并非有组织有军备的部队。于是他整备精锐部队，以游击战的方式，逐一击破，很快平定乱事。[4]

可贵的是，他认为地方乱源不在盗匪，而是贫困，要解决民变，唯有设立行政单位，有效管理三不管的交界地带。1518 年王阳明上奏设立平和县（2018 年正好是设县五百年纪念）；为让民众知学知义，设立乡学、庙宇，以收安定人心之效。他也留下一些江西招来的士兵和干部，管理行政军务，并希望江西干部振兴地方经济，才能长治久安。江西干部于是从景德镇引进陶瓷制作工艺，平和于是成为陶瓷生产基地，经济也振兴起来。后来的平和知事有十三任是由江西籍人担任，其影响可以想见。

又过四十九年后，月港开港，漳州的陶瓷竟变成享誉欧洲的"国际名牌"，中国对外贸易的大宗，这个"天子南库"为明朝的北方战争筹措到不少经费，等于也延续了明朝的寿命。

就此而言，王阳明的事迹，见证了一个具有实践力的知识分子，如何在乱世中，即使身为地方官，仍能有所作为。他在教育文化、经济建设的贡献，也让漳州有迎向大航海时代的基础，让闽南的海上英雄如颜思齐、郑芝龙，在东亚争霸战中，不曾缺席。

就"立德立功立言"三不朽的功业而言，在儒家的历史上，除了王阳明，的确未曾再见了。

这就是颜思齐的成长环境。属于漳州的海澄青礁，不是一个封闭的渔村，也不是一个封建的农村，而是大时代撞击的交汇点。

当葡萄牙、西班牙、荷兰的战船交汇于海上，敏感的中国海商早已有实际的体会，他们为抢劫所苦，也敢于远征四海奋斗，这就是民间生存的勇气。漳州人正是这冒险传奇的一部分。

那是第一波全球化的开端，世界局势风云变幻，战船、商船会战于东亚海域。

而漳州月港，最初又是如何从一个走私小海港，跃上历史舞台？

3. 突破、海禁、生意人

月港的故事要从明朝开国皇帝说起。

朱元璋为了阻绝海上的军事反抗力量，开始实施海禁，禁止居民入海。明成祖时期，国力强大，在郑和下西洋宣扬国威时，一度采取开放政策，但接下来则因为日本海寇不断来犯，再度实施海禁。但是海禁行政管辖所能及的地方，主要仍以大城市为主，如福州、泉州、广州等地，一到官府管不到的地方，船民入海就成为常态。《明实录》记载："福建地方，西北有山，东南有海，而啸聚山林，作寇海道者，往往有之。"

漳州会成为民间盗寇的基地，根源还是贫困。明朝中叶的徐溥曾记载："闽为南郡，漳州又为闽之南郡，可谓远矣，其地介乎山海之间，商贾不通，市鲜货物，民务稼穑，以为生业。故天时不常，水利不修，则无以尽力乎田亩，而寇难乃作，郡号难治久矣。"

明人洪朝选曾记载，遇上饥荒时局，数百家民众扶老携幼，入山找食物，他们到处找工作，帮人割稻，砍树，露宿荒野草寮，甚至"采蕨根，采柯子"为食，一路上病死者超过一半。这样惨淡的流亡图，如果有人召唤揭竿而起，以抢劫食物生存为号召，自然一呼百应，盗寇成团。而江西、闽南、广东交界的三不管地带，就成为盗匪的根据地。所以明人董应举说："福建治乱根乎漳泉，漳泉饥则盗贼众，盗贼众则福建乱，此必然之势也。"

这也是为什么福建的山区、平地，拥有那么多的世界文化遗产——土楼的原因之一：防盗。

在饥荒年代，海洋成了唯一的出路。但在海禁政策下，福建一旦碰上饥荒就很难生存了。明代中叶，官员胡宗宪看到了这一点。他说："闽中事体与浙直不同，唯在抚之得宜而已。盖寸板不许下海之禁，若行之于浙直，则海滨之民有鱼盐之利，可以聊生，而海洋即为肃清。若福建漳泉等处多山少田，平日仰给全赖广东惠、潮之米，海禁严急，惠潮商舶不通，米价即贵矣，民何以存活乎？"饥饿造反，理所必然。[5]

这就显示了漳州、泉州与广东的海上交易，是福建生命线。

更何况，海禁之后，漳州一直还维持着造船的技术与天然的优势。明代初年，浙江、江苏、山东的造船都需要从外地输入木材，而漳州一带，距海口不远的平和、漳浦，沿着河流可以运输木材到海边，造船入海，相当便捷。是以贫民入山为寇，遇到围剿而必须逃亡，便逃往海边，驾船海上，就成为唯一的生路。而明朝陆军强，水师弱，一旦进入万里汪洋，根本无从追剿。

无论是为了生存经商海上，或落草为寇，亡命七洋，漳州、厦门一带的老百姓早已视海禁为无物。

15世纪，福建商船不仅开到广东，更往南开到了东亚海域，包括琉球、马来西亚、印度尼西亚等。

《明实录》记载，宪宗成化十四年（1478），有人指出"琉球国……其使臣多系逋逃之徒，亦欲贸中国之货，以专外夷之利。"[6]

这意味着有不少漳州人逃去海外，生意做大了，也做好了当地政商关系，于是回头以"外夷使臣"的身份，回福建来朝贡，以"朝贡"作为贸易的手段。

这就涉及"朝贡贸易"在明朝的作用。明朝的朝贡贸易制度是由朱元璋所立下的，由地方或属国将贡品献给大明皇帝，以表示臣服、从属之意。为了显示宗主国的威仪，朱元璋定下"厚往薄来"的原则。朝贡贸易在明成祖派郑和下西洋之后达到鼎盛。据《明史》记载，最多时达到一百五十多个国家和地区。早期，外国友人、贸易商人来中国朝贡贸易，不仅包三餐、住宿、交通，且将所有商品以高于市价三五倍的价格买下，以补其交通往来之资。皇帝更会以赏赐的名义，给使节团以远高于贡品的礼物，让使节团满载而归。

依规定，这些使节团带来的商品不许在外私自出售，只能带到北京去朝贡，由朝廷统一处理。这就让朝贡贸易无法变成民间交易，而只是一种政治的仪节，以显示近悦远服的威望。

然而，对日本、琉球、东南亚等地区，他们更需要的是直接贸易，因而就不免以使节团的名义，携带几十船的大量商品，以朝贡的名义，取得停泊进港许可，除了带往北京的贡品，其他货物就以买通地方官员的方式，在民间私下出售。后来明朝官员也看到这个问题，于是规定某些国家只能两年一贡、三年一贡。即使如此，朝贡贸易仍是海外贸易的唯一合法管道。于是，亡命海外的中国人就利用这个缺口，买通外国官方，取得许可证，或假装成外国的使节团，回中国贸易。

这便是福建人伪装成琉球使节的原因。但他们也并非毫无智慧，仍会以琉球人为表面上的代表，合法掩护非法，达成交易目的。所谓"以专外夷之利"，用现代话来说，就是"贸易代表权"。

和北方对商人的称呼不同，福建对商人有一个特殊名词叫"生理人"（在漳州地方的章回小说里，常称之为"生理人"，本文基于阅读习惯，仍称为生意人）。其意思在取其经营管理，以生利、理财之意，不仅毫无贬意，反而是对经营能力、依理而行的一种代称。

明朝时期，福建生意人在海外扩展迅速。明英宗正统三年（1438）发生了这样一件事：爪哇国使者亚烈、马用良、通事良殷、南文旦上奏："臣等本皆福建龙溪县人，因渔于海，飘随其国，今殷欲与家属同来者还其乡，用良、文旦欲与归祭祖造祠堂，仍回本国。"于是皇上命良殷还乡，可着冠带闲住（意即可以穿着官服，自由行动），用良、文旦只

能祭祖，官方还给他们口粮和协助搬运的"脚力"。(《明英宗实录》)

1471年，还有记载："福建龙溪民丘弘敏，与其党泛海通番，至满剌加及各国贸易，复至暹罗国，诈称朝使，谒见番王，并令其妻冯氏谒番王夫人，受珍宝等物。……"(《明宪宗实录》)

福建龙溪在漳州月港南岸，它的生意人可以去国数年，经商成功后，摇身一变，成为爪哇国使节团"使者"的一员返乡，上报皇帝，回乡祭祖，还得到特批，派了脚力帮忙，或者竟伪装明朝特使身份去和番王家族交往，获得馈赠。龙溪生意人之大胆与能耐，交际手腕之灵活，由此可见。

涂志伟教授曾分析："漳州九龙江口海湾地区的海商，以漳州龙溪、漳浦县及泉州同安县人为主，诏安湾地区海商则以漳州府诏安县梅岭、铜安和潮州府饶平、南澳人为主，他们共同构成了以闽南方言为纽带，结成十百成群各自活动的海商群体，月港正是在这样的历史条件下，应运而生的。"[7]

值得注意的是，这是15世纪中叶的情况，也就是在16世纪欧洲大航海时代的葡萄牙船舶来临之前即已发生。这就显示欧洲大航海时代来到亚洲之前，南中国海与亚洲的海上交易已有相当规模了。

在海禁政策下，生意人"通番"即是违法，若被查获，就变成海寇，于是有真正经商的生意人，也有落草为寇的海盗。像上面谈及的丘弘敏被逮捕后，就被捏造与"同县人康启道等二十六通番，并行劫海上，亦命重审，无冤决之"。

但这样的通番者抓不胜抓。总是有一伙二三十人的船民，通番海上，被官兵追捕，拒捕，就变成海寇。

有巨大商业利益，就会形成商业集团。漳州一带的海商，有的是为了在海外赚钱，而联结家族资本，有的是与在地的豪门巨富联结，形成一个个的地下走私集团，私下通番，互相掩护。本来小商小贩带了"番货"回来，就是为了出售图利，但官府在查，太多外国"舶来品"总是不容易找地方藏匿，易于暴露。可一旦豪门和官宦之家也加入通番行列，上岸时挂着某个家室的旗号，地方小官小吏不敢查，甚至某些地方官也是商团的投资人，借着权势进行掩护，还派了地方小吏护送出境，那就更敢于大摇大摆地通行无阻了。万一有通番海商被查获，这些官宦大室也可以一推了事，说根本是"盗匪胡说栽赃"，或"不是同伙，只是姓名同宗"。

胡宗宪在《筹海图编》一书中写过，如果有官军捕获海商，人跟船都解送到了官府，算是人赃俱获，地方官宦家族就会出面代为说明。解释为某月某日，派了手下去买米、买衫、买布帛，本来身上还有许多银钱，不料被捕以后，钱都不见了，这些官兵显然把钱私吞了，要官府再认真追查。官宦大户财大势大，以此为由，追查下去，本来捕获海商的官兵反而以"私吞赃物"的罪名被逮捕下狱，甚至冤死在狱中，这更加让官兵不想追捕，尽量敷衍，以免自找麻烦。

海商集团慢慢形成，难怪《海澄县志》曾记载："风回帆转，实贿填舟，家家赛神，锣鼓响管，东北巨贾，竞鹜争驰，以舶主上中之产，转盼逢辰，容致巨万，若微遭倾覆，破产随之，亦循环之数也。成弘之际，称小苏杭者，非月港乎？"

到了 16 世纪，利益所驱，船造得更大了。本来禁止造双桅大船，以防制远航，维持海禁。而月港却开始造出了双桅大船，数目达到一二百艘。航行足迹远到琉球、日本、暹罗、爪哇等。

利之所驱，船愈造愈大，人愈聚愈多，查获的货物也更加多样。甚至有人订货，运回出售。

4. 葡萄牙人东来

汤锦台教授在《闽南海上帝国》一书中，写过这样一个故事。

1515 年 9 月，葡萄牙新任的印度总督阿伯加利（Lopo Soares de Albergaria）抵达果阿，随行的舰队司令安德烈（Fernão Peres de Andrade）奉国王之命，要来东方"发现中国"，他要在印度找一名熟悉航路的人，共同前往中国。

曾追随前一代总督攻打马六甲的一位药剂师兼簿记员皮雷斯（Tomé Pires）被选中。来年，他跟着安德烈率领四艘船从印度柯枝（Kochi）出发，途经苏门答腊岛、马六甲，沿着中南半岛海岸航行。不料半途碰上暴风雨，折返马六甲的时候，他们碰上了一位葡萄牙商人，那人在一年前坐了中国人的帆船去中国经商，赚了大钱，正要衣锦还乡。安德烈一听大喜过望，立即买了胡椒等香料，准备去中国大赚一票。

可惜季节风不对，他们延搁到来年（1517）6月，南风吹起才出发。这一次，他的野心更大了，带上八艘大船和满满的货物。8月15日才开到广东珠江口的南头岛（也就是现在香港机场所在的大屿山岛），被当地水师毫不客气地发炮警告。经过几番交涉，水师不敢决定，要去请示上级。安德烈等了几天，没有下文，就干脆把船开到广州去了。

安德烈颇懂得中国官场，送礼打点，和当地官员交际往来，但在海禁政策下，没人敢接受他建立通商据点的建议。由于当地官员表明此事唯有皇帝能决定，安德烈听从了广州官员的建议，让皮雷斯上岸，准备到北京去晋谒正德皇帝。长时间的等待中，马六甲方面传来消息要他们尽快赶回。于是安德烈在1518年9月，北风初起即往南航行。停留广州期间，安德烈一方面卖出香料，一方面带回不少中国丝绸瓷器，赚了不少钱，财富名誉大增。1520年，安德烈回到葡萄牙首都里斯本，还得到葡萄牙国王和王后的接见。

留在广州的皮雷斯一行人（六个葡萄牙人，一个波斯人，五个马六甲带来的中国人翻译员）开始了漫长的等待。

1520 年 1 月 23 日，皮雷斯终于获准前往北京。他沿广东北上，5 月途经南京的时候，正巧正德皇帝也来到南京。这是晋谒的大好机会。却不料，马六甲国王派来的使臣也在南京，向正德皇帝报告葡萄牙人如何攻打马六甲，滥杀当地居民，焚烧港口所有船只，枪炮无情，残杀无辜，狠狠地告了一状。再加上前一年，安德烈的弟弟西森来到香港南头屿，擅自建筑石头堡垒，虐待中国居民，传说还绑架当地小孩，让广州官员非常不满，上报后将他驱逐出去，这个报告也正好到达南京。两头消息合起来，正德皇帝大怒，连见都不想见了。

皮雷斯没办法，只好继续北上，想到北京等皇帝回朝。不料皇帝一回北京，却因为戏水，得了急症病故。新皇帝世宗才十四岁，做不了决定，明朝廷随即下令皮雷斯一行回广州等候，其他五个中国通译，一个病死之外，其他四人以"私通外国"的罪名，处以死刑。1521 年 9 月，皮雷斯回到广州，就传来皇帝要求葡萄牙交还马六甲给马六甲王，不然要将皮雷斯一行人下狱。

这一段时间里，马六甲的葡萄牙总督仍不死心，不断派出大商船来广州，起初是友善地探寻经商的机会，同时准备用大炮打开通商大门。广州方面没再客气，官员下令驱逐葡萄牙人，并且对派来的葡萄牙船进行炮击、火攻等对战。葡萄牙两度火炮叩关都被打退，还有二十几人被俘虏。既然开战，广东自此禁止和番舶交易，皮雷斯被手镣脚铐，关入大牢。1523 年，二十三名在战争中被俘虏的葡萄牙人遭判决凌迟处死。皮雷斯逃过一劫，并未处死，但传闻他后来还是死于狱中。另有一传说是他被皇帝放逐异乡。

《远游记》（*Peregrinacao*）作者平托（Fernão Mendes Pinto）写道，1543 年经过江苏沛县的时候，碰到一位名为蕾莉娅（Ines de Leiria）的天主教女士，自称是皮雷斯的女儿，讲了很多关于父亲的故事。这就表示他没有被杀，而是流放。但平托叙述多有夸大，真实事迹已难以考证了。[7]

这个故事所显示的乃是：此时明朝对朝贡的"藩属之国"，虽然没有行政上的管理，更没有税收、殖民、贸易的关系，但在政治上却有一种"宗主国"的大国作风，对朝贡的小国如马六甲，负起保护的道义责任，要求葡萄牙归还马六甲，试图维护东亚的国际秩序。

虽然明朝皇帝和官员还不了解葡萄牙远航的能力与战力，明朝的国力也许无法派兵去马六甲作战，但在自己的地界上，在中国沿海作战，依然有办法对葡萄牙加以惩罚。皮雷斯于是成为两国交战的牺牲品。

然而葡萄牙既然"发现中国"，知道大大有利可图，岂肯放手？经商获利才是来到东方目的，广州不可，于是转向了福建。

葡萄牙人之发现福建，始于安德烈驻在广州等候之时，他一边等待做生意，一边派了手下一个船长经由泉州，想前往琉球访问。当他抵达泉州的时候，泉州人告诉他，季节风已过，为时太晚，于是他留在泉州，和当地商人进行贸易。他发现"在泉州可以赚到和广州同样的利润"。[8]

福建的生意人是非常灵活的，他们一方面做生意，一方面"牵猴仔"（闽南语，中介生意之意），穿针引线赚钱。

《明实录》记载："该年，佛郎机人（即葡萄牙人）小者亚三等伏诛，广州有司乃并绝安南、满剌加，诸番舶皆泊漳州，私与为市。"因为广东禁绝，漳州生意好起来，广州就不平了。

到了嘉靖八年（1529）提督两广侍郎林富上奏说："安南、满剌加自昔内属，例得通市，载在《祖训》《会典》，佛郎机正德中始入，而亚三等以不法诛，故禁绝之，岂得以此禁绝番舶？且广东设市舶司，而漳州无之。是广东不当阻而阻，漳州当禁而反不禁也。请令广东例许通市者毋为禁绝，漳州则驱之，毋得停泊。"[9]

另一则报告写得更直接，葡萄牙船"都往漳州府海面地方，私自驻扎，于是利归于闽，而广之市井萧然矣"。

在福建人的带引下，葡萄牙人的贸易地点也不仅在漳州月港、大小金门一带，更扩大到海禁不是那么严格的泉州，再扩展至福建诏安的梅岭、走马溪。

随着贸易范围的扩大，葡萄牙的野心更大了。

1539年，在福建海商金子老的带领下，葡萄牙人进驻宁波的双屿港。双屿本是朝贡港口宁波外海的小岛，以往是作为日本朝贡船的停驻地，后来因日本朝贡贸易减为十年一贡，功能降低，反成为海商走私交易的窝。最早投入双屿港的许氏四兄弟，老二叫许栋，他在福建监狱被关押的时候，结识了福建人李贵，外号叫李光头，两个人联合一百多个囚犯，集体越狱，逃到海上，做起了走私贸易，往来于东南沿海、南洋、日本、琉球之间。李光头很是剽悍，被海商金子老吸收，于是集团势力慢慢坐大。等到葡萄牙人再进驻，活动于双屿港的人就愈来愈多，浙江、福建、安徽、葡萄牙、爪哇、马来西亚，各路人马都有。1542 年，福建商人林剪更从马来半岛率领许多私商和七十几艘船来投靠，一时间船舶云集，贸易范围扩大，双屿热闹非凡。

嘉靖二十一年（1542），一位常常出没于双屿的安徽商人王直首度到达日本西南的平户，受到岛主松浦隆信的约见，备受礼遇。王直和岛主建立了长久的友谊，平户后来也成为日本对外开放贸易的地方。

王直出生于安徽徽州府，这是著名徽商的发源地。王直自幼就追随乡人的脚步，出外经商，但出师不利，蚀了老本，就干脆下海经商找出路。他漂泊在东南亚、浙江、日本之间，转手买卖，生意逐渐做大。[10]

1543 年夏天，他带着三个在马来西亚结识的葡萄牙人和一百多个中国船客，在前往浙江双屿港的途中，遇上台风，漂到了日本南方的种子岛。这三个葡萄牙人于是成为日本接触到欧洲来的西洋人的开端。经由王直的翻译，种子岛岛主时尧结识了这三个葡萄牙人，他非常聪明，看到他们随身携带的西式洋枪，看过他们的射击后，火力强大，就决定立刻引进。当地商人橘屋又三郎为了学习洋枪，特地请葡萄牙人在种子岛上住了一两年，将洋枪交给当地非常厉害的刀匠试做，终于学会了这个技术，可以开始制造。这种先进的洋枪很快在日本传播开来。当时正是群雄争霸的时代，德川家康懂得洋枪的火力，非常重视，引为战场主力，对他的霸业起到了关键性的作用。

这是王直所未曾料想的，却是影响日本历史的重大事件。见诸日本对"火绳炮"的研究论述中。

1544 年，日本派遣的商团开了几十艘船，要来浙江做朝贡贸易，但因为距离上次的朝贡时间还不到十年，被打了回票，日本船货无法上岸销售，就由私商接引，干脆在双屿岛上跟走私集团交易。这时，海商集团眼见有利可图，就派了王直跟去日本，建立据点，打开贸易市场。

此时，东南沿海已经有许多中国私商的贸易据点。这些地点的选择，都有一些原则：懂得航路，知道避开官府追查，私下交易。卖要有市场，买要有货源。葡萄牙人东来如果没有在地海商的带路，配合前来交易，如何补给、进货、打通门道？所以，许多学者都认为，葡萄牙人是在东南亚一带福建、浙江私商的纠引下，才能找到航路，来到漳州月港、宁波双屿做交易。

说得直白一点，海禁下的走私没有门道，怎么走得通？更何况是外国人来走私，金发碧眼，目标鲜明，没有人接应，走得通吗？

而福建、浙江一带的"生意人"，自古就有干犯海禁，私通番舶的，海内外人脉广泛，自然熟门熟路，很快就把生意做起来。

胡宗宪《筹海图编》所述："奸商酿乱，自潮州之南澳及走马溪、旧浯屿、南日、三沙带，皆为番舶所据，番舶北向，以南日为寄泊之地，番舶南来，以浯屿为巢穴……"。而葡萄牙人"在闽中于走马溪、旧浯屿住船，月港出货，若安海、崇武等处则皆其游庄也"。[11]

此意即是，葡萄牙人最重要的活动地点在漳州的月港、厦门的浯屿、浙江东山的走马溪。据明朝不完全的统计，嘉靖二十年（1541）居住在这一带的葡萄牙人有五百人。平托的《远游记》曾说：在漳州可以打听到有关从巽他、满剌加、帝汶和北大年过来的葡萄牙人的消息，知道一些与其相关的情况。因为这里住着从这些地方来的葡萄牙人。这里的丝绸、麝香、瓷器及其他货物，不管拿到什么地方都可以大赚一笔。

这样的港口，已是繁忙的国际贸易热点，如何不富裕起来？

明朝官员取缔海盗甚力的朱纨曾说漳州："民居数万家，方物之珍，家贮户峙，而东连日本，西接暹罗，南通佛郎、彭亨诸国，其民无不曳绣蹑珠者，盖闽南一大都会也。其俗强狠而野，故居则尚斗，出则喜劫，如佛郎机、日本诸夷。"

这固然是一种批评，但未尝不是道出了大航海时代，浙江、福建海商与日本、葡萄牙的商业活动中，既无法律保护，也无官方许可，就非有强狠好斗的性格不可。

正是有这样强悍的海商、海盗，才能出现和欧洲强权争霸的英雄。

5. 新兴海商集团

大历史往往可从一些技术细节看出有趣的端倪。

我们不妨从技术面来问几个问题：葡萄牙船来中国东南沿海，要不要加水、补食物，如何补给？每次来回得依季节风北上南下航行，一靠港往往几个月，如何停泊？船在海上难免遇见风浪，有所破损，如何维修？一船货物不是少量，上船下船，要不要有许多人力协助搬运？进货出货，谁来买卖？金流物流如何处理……

这些事，与今天全球进出口贸易面对的问题，完全一样。只是如今有全球流通的计价货币（美元），有计算机，有方便的跨国性通信、金融，可16世纪要如何处理呢？

将这些细节慢慢追究下去，就能找到许多想象不到的趣味。

根据英国《十六世纪中国南部纪行》（*South China in the Sixteenth Century*）："1550 年到 1580 年葡萄牙《旅行指南》，葡萄牙人常在浯屿（厦门外海岛屿）过冬，在烈屿（即今天的小金门）装运商货，在海门岛整修船只，补充供给，在料罗（今天的金门）驻泊避风。"也就是以漳州九龙江口附近的海域为主要活动地点。[12]

每年的三四月，葡萄牙船从马六甲来，载满了货物，就停泊在浯屿、双屿等地做买卖，这些个港口的生意有多繁忙，可以想见。

要如此长久停留，并且与民间交易，如果没有官府的配合，怎么可能做到？

实际上，福建、浙江的地方官对葡萄牙的海商活动采取了默许、纵容的态度。这当然与"抽分"有关。他们用"报水费"和"买港费"为名，向葡萄牙船收取五百至一千不等的白银，让生意可以继续下去。葡萄牙的记载证实，有些军官，晚上派人去通知葡萄牙船，若要得到货物进口许可，就得给军官若干礼物。葡萄牙人按约备好，晚上送去，果然当年的贸易就进行得非常顺利。

厦门浯屿只是葡萄牙的贸易驻点，葡萄牙做的是三角贸易。欧洲要的除了香料，更喜好中国丝绸、瓷器，双屿靠近江浙，方便就近购买丝绸，而漳州浯屿有从景德镇、平和等地所出产的瓷器。所以葡萄牙的航路是从宁波买丝绸，漳州、广东买瓷器，转回马六甲，最后再回欧洲出售。

不仅是葡萄牙人，福建海商也建立起相当庞大的贸易集团。

《琉球国志略》记载，嘉靖二十一年（1542），有一个叫陈贵的漳州人，下海通番，到琉球，建立了良好的政商关系。琉球长史通事蔡廷美等招引他们入漳州港，刚好碰上潮阳的海船，互相争利，双方冲突，厮杀后各有伤亡，官方只好把他们全部抓起来，安置在旧王城，货物全部没收。[13] 按照陈贵的供词，他们的货物一共有二十六艘船，船上的每一项货物都有名有姓，各有其主，他只是包揽运送。用现代的术语来说，他只是海洋航运公司，帮客户送货。

这一段记载不长，只是海禁中的小插曲，却足以说明官商勾结的严重。可是，若从现代化的眼光看，这已经是一个非常复杂的过程。因为，这二十六条船，是庞大的船队，而不是一船货而已。这是一个"国际航运公司"的概念。

首先，从小商小贩，到联结巨室成走私商业集团，再发展到船运公司，这是现代性分工的发展。要知道，船运公司得有人下订单，有人代为在琉球、日本、暹罗、爪哇等地，进行采购，集货，再装箱上船。这些都是需要人力、管理和时间的。而其中订货者更需要与船运公司建立信用，订金如何支付，货物如何运抵，货款如何结清，这些都是交易程序上必备的条件。

其次是回来的货品如何通关，这个过程需要有打通官府的能力，二十六船的货物得有人掩护才能顺利进港。而货物的送达，满船货品的上岸储存，再通知订货人来取，或在何处交货取货，凭什么取货，都有一定的程序。没有相当的信用，没有一定的默契，是难以完成的。

当然，最重要的是，这些番货的销售也是一个问题。很明显，福建或中国其他地方先有这个市场，才能有这么多订单。这是贸易的常识。

而在那样的海禁年代，陈贵可以组织起二十六条船的"航运公司"，绝对不是一个个别的行为，而是有一定的社会基础，相当的商业机制，有效的航运组织能量，以及足够的航海技术，才能做到的。

用黄仁宇在《资本主义与二十一世纪》的观念说，资本主义的萌芽，除了商业活动、交易活动，更需要有不成文的信用机制，才能让商业与资本顺利运行。而陈贵的订货发货，金流物流，依当时航海技术，往往得随季风来去，必定是以一年两年为期，如果不是有信用机制，是无法成立的。所以陈贵得有个人信用之外，他的背后，必定要有足以支撑的集团机制，不管它叫什么名字，背后必定是有集团在支撑。用现在的名词说，就是有一个集团资本为基础才行。

这样的规模，虽然没有荷兰东印度公司的强大，但如果好好发展，未始不能变成一个航海时代的事业。如果再有官方的支持，有法令的保障，一如欧洲国家，则中国沿海未始不可能发展出荷兰东印度公司那样的跨国贸易，由各港口联络为新的航海事业。

可惜，明朝海禁让航运公司只能在地下萌芽，再加上缺乏法令的保障，它就无法再正式成为一个社会运作机制，商业文明难以发展，资本主义初萌之芽终究断送。

这是 15 世纪到 16 世纪初的闽南，虽然商业已进展到如此地步，而海禁政策仍在，却已形同虚设，这就引起明朝政府的注目。此时，内部即存在两种争论，一种是继续实施海禁，以防堵倭寇。这以山东、江苏一带的官员为主，他们深受倭寇的劫掠侵犯之苦，力主围剿。另一种是实施开放政策，以福建、浙江、广东为主，实质上可以增加税收，避免官商勾结，并易于管理。

就在这种矛盾冲突中，由于海商的走私贸易缺乏法令保障与社会信用，一旦发生纠纷，就很难解决了。它只能靠个人的社会地位、政商关系、实力原则，而走私集团则靠武装力量来解决。冲突一旦发生，根本无规则可循。

1547 年，双屿发生了小小的贸易纠纷，最后却演变为全面的扫荡战役，正是此种情势下的必然。

注释：

[1] 颜家后代在台湾的世系，依颜水荣所著《颜慥与台湾颜氏》，大略如下：

颜慥二十四世孙颜思齐，为避官司，几经辗转，于明天启元年，牵十三艘大船，登入台湾笨港，进行大规模移民垦荒，"我颜氏之莅台湾，当以思齐公为第一人"。

颜恺十三世孙颜家祯裔孙颜世贤，明末于漳州东山岛迁居台南县永康瓦厝部庄，至今传十四世，在台南下营乡红毛厝建有宗祠。

颜恺十三世孙颜嘉助裔孙颜清派下子孙，明末清初由田寮迁居台湾鲫仔潭。

颜恺十四世孙颜崇瑶裔孙颜君佑，清初于同安港头迁居彰化埔盐，至今亦有九世。

颜公轮，清初由海澄迁居台南县六甲一带，至今传有九世。

在台最大一族，颜思鲁、颜荣裔孙颜侯绵，清初自安溪迁台，卜居台中梧栖、龙中一带，至今有十世。

颜荣二十八世孙颜玉兰、颜玉赐兄弟，于嘉庆由安溪迁台，居基隆六堵以北，至今约有七八世。

北部颜荣一系，在台北市松山上塔悠建有宗祠。

颜道一系，亦有安溪迁台，居台北松山一带。

台中清水镇，颜荣一系建有祖庙。

明末，颜昌由金门契侄晋周、晋仲肇基白沙、西屿，至今有十二世，近年子裔多迁高雄、台南。

清初，颜俤由同安迁居高雄县茄萣，至今传十一世。

清初，颜文炳由晋江迁居台南一带，至今传八世。

［2］汤锦台著：《闽南海上帝国》，如果出版社，2013年版。

［3］卜正民（Timothy Brook）著：《维梅尔的帽子：从一幅画看十七世纪全球贸易》，张中宪译，远流出版社，2009年版。

［4］周志文著：《王阳明十讲》，作者提供原稿，2018年版。

［5］徐望云著：《闽南史研究》，海风出版社，2004年版。

［6］同上。

［7］涂志伟著：《大航海时代世界格局下月港地位的变迁》，《首

届月港海丝文化论坛论文集》，2015年版。

［8］汤锦台著：《闽南海上帝国》，如果出版社，2013年版。

［9］廖大伟著：《十六世纪葡萄牙人在漳州的航海与贸易》，《首届月港海丝文化论坛论文集》，2015年版。

［10］汤锦台著：《开启台湾第一人郑芝龙》，果实出版社，2002年版。

［11］同注［9］。

［12］同注［9］。

［13］《琉球国志略》记载："二十一年，长史蔡廷美招漳州人陈贵等驾船之国，因与潮阳船争利互杀；遂安置贵等于旧王城，尽没其赀。贵等夜奔，为守者多所掩杀；于是诬贵等为贼，械送福建。廷美赍表将赴京陈奏，巡按徐宗鲁会三司官译审以闻，留廷美等待命。得旨：'贵等违法通番，着重治。琉球既屡与交通，今乃敢攘夺货利、擅杀我民，且诬以贼；诡逆不恭，莫此为甚！蔡廷美本宜拘留重处，念素系朝贡之国，姑且放回。复若不悛，即绝其朝贡。令福建守臣备行彼国知之'。"

海上风云

1528 年，一桩不守信用的交易，在官商借势压迫下，让海商变海盗，在陆上劫杀一个官商之家。继之成为大围剿，一个刚刚萌芽的国际贸易港——双屿，就这样永远衰亡了。

五十年后，在刚开放贸易的福建月港，皇帝竟然派来了一个贪婪抽税、无恶不作的宦官。这样的管理者，如何有面对新世局的思维？

此时，西班牙正在殖民马尼拉，专门和月港贸易，中国的丝绸瓷器外销欧洲，而全世界的白银，则源源不绝地流入中国。

1. 海商之死，大盗不止

布劳岱尔（Fernand Braudel）说过："不再视海洋为人类生活的困境，而是人类商业与文明活跃的舞台。"这是一种世界观的转变。

然而明朝皇帝还未有这样的世界观。其实当时的欧洲各国也刚刚开始将海洋视为"商业与文明活跃的舞台"。海洋世界需要国际公法，国际贸易需要公认的交易秩序，海商需要各国法律的保护，国与国之间也需要交易的协议，如果海商发生纠纷，现代还有国际仲裁机制等等，都尚未出现。海洋文明才刚刚开始，人们的世界观尚未改变，更何况国际公法。交易唯有诉诸人与人之间、集团与集团之间的信用。如果发生纠纷，一切只有靠实力了。所以葡萄牙、日本、马六甲的海商都要武装，一方面防制海上的打劫，另一方面防制交易中带来的意外。

但一宗交易的意外，却引爆海上大战。

双屿港的海商既然有各国势力，成为"东亚交易中心"。可是长期与双屿海商交易的浙江余姚谢氏家族却违反了交易的信用原则，除了买货赖账之外，还借着家族势力，要求海商林剪交出更多货物，否则要向官方告发走私。这是仗势欺人，做得太过分了。

从马来西亚来的海商林剪不甘利益受损，也吞不下这口气，决定采取报复行动。他本来就有武装力量，便联合其他海寇，趁夜去攻击洗劫谢家的住宅，杀死九个人，劫掠财物而去。虽然只洗劫了谢家，但此事立刻变成"双屿倭寇攻击事件"，谢家的先人谢迁是状元出身，曾经担任内阁大学士，官宦世家的背景，配合家族亲朋告御状，立即引起朝廷的重视，派了力主海禁，且以强硬执法闻名的朱纨担任浙江巡抚，兼管浙江福建的海防军务。[1]

朱纨是一个传统的读书人，以严格执法著称。来到浙江后，驻在杭州。深知海商需要补给、交易、采购等奥援，所以他并不急于进攻，而是厉行保甲制，让民间互相监视，特别是严禁海边渔船、商船的出入，以断绝双屿海商的补给和贸易。其次，他从福清一带招来一千多个擅长海战的士兵，再从附近乡村招募敢战的军人，以取代暮气沉沉的明朝官兵。

嘉靖二十七年（1548），他派了两千多个士兵、三十余艘战船，先包围双屿，使之断绝粮食补给，无法逃去外海。逼得葡萄牙和其他海商不得不突围，开船向走马溪方向逃去。他的部队再上岸全面攻击。

一场战役下来，贼人"落水数百人，斩首级二颗，生擒日本倭夷稽天、新四郎二名，贼犯林烂四等五十三名"。为了斩草除根，他下令军队将岛上的房屋建筑、港中的船只，全部焚毁，甚至福建人所建的天妃宫（妈祖庙）也一并化为灰烬了。为了阻绝港口重生的机会，朱纨更下令用沉船、木石等，将港口堵塞起来，使船只无法再进出。

一个16世纪的贸易港口，自此从商业活动消失，直到今天。

事情并未结束。朱纨知道葡萄牙人和其他国家的海商向福建的走马溪、浯屿方向逃去，随即派军队到走马溪进行追剿。福清士兵熟悉这一段海域，更敢作战，一举攻破。葡萄牙人死伤惨重，只得往广东逃去。

就像希腊神话中，尤里西斯的军队在阿西娜神殿杀人而遭到天神惩罚，最终流浪十年才得回乡一样，烧毁了天妃宫的朱纨虽然战胜倭寇，平定海盗，却面对一个诡异的局势。闽南的老百姓、地方官员没有人露出喜悦的神色，反而冷眼旁观，暗潮汹涌。他上报的战果，杀了几百人、擒获四名马六甲王，很快被发现是造假的，是由四个葡萄牙人所假扮，他们不会说中国话，所以即使造假为"马六甲王"也不容易被查出来。偏偏有人去告了密。而被他所处死的数百倭寇，实则有许多是浙江、福建的海商，他们不像葡萄牙人有船来得及逃出，结果在岛上被处死。死亡最多的，不是倭寇（日本人），也不是葡萄牙人，而是中国人，甚至很多都是福建海商集团的子弟。

更何况这一次双屿、走马溪、浯屿的扫荡，已伤害闽浙集团的利益，这就引起浙江、福建官员的不满，他们在朝廷中向皇帝状告朱纨借机擅杀、滥杀，伤及无辜以及"谎报军功"。后在被查出四名葡萄牙人的真实身份后，朱纨更无可辩驳了。

朱纨被撤职查办。他是一个脾气刚烈、性情强硬的人，自认为既奉皇命行事，彻底执行扫荡海寇任务，如今闽浙倭寇既平、四海安宁，有功之人反而受过，深感耻辱。当皇帝为了追究他的滥杀而派人拘捕之际，他义愤地留下遗言：

"纵天子不欲死我，闽浙人必杀我。吾死自决之，不须人也。"自杀而死。

朱纨死后，朝廷中终于有人为他鸣冤，认为他征讨倭寇有功，却因触动闽浙豪族利益，被朝廷中的闽浙集团报复。但朱纨却也留下擅杀和谎报军功的罪行，难以辩驳。

朱纨死后，更大的悲剧开始了。沿海的居民无以维生，相继下海，不是经商，便是"落番"。"落番"是金门至今仍留有的一句古语，意思是因为穷困，不得已要南下到南洋如马六甲、东南亚诸国去打工讨生活，有一种"流落番邦"的意味，故名"落番"（当时的"番"所指的不是欧洲人，而是泛称欧洲、东南亚、日本诸国的所有非中国人，并无歧视意味）。

而更多的海商则因海禁严格，转为非法的贸易，海商海盗难分。有时真的难以生存，便联合武力集团，到沿海劫掠，成为真正的海盗。

而有些中国海商坐大之后，为维护自己的利益，维护海上平静好做生意，也会出手打击海盗。像海商王直，就在日本拥有庞大势力，他的势力也足以和海盗抗衡。他一直希望与明朝官方谈判，合法经营贸易，甚至答应为朝廷效力，平定倭寇。1559年，他在听信同乡的官员胡宗宪的劝告后，回到浙江等候消息，却不料胡宗宪被政敌批评是包庇倭寇的官员后，为了避嫌，撇清关系，竟反而将他杀了。

王直死前非常感慨，他知道自己是政治斗争的牺牲品，胡宗宪也无能为力，只是感叹道："死吾一人，恐苦两浙百姓。"他早已预言，绝望的海商，会沦为更强悍而众多的海盗。

据统计，从朱纨扫荡海盗之后的十五年内，海盗达到了最高峰。即使戚继光、胡宗宪等人全力打击，仍无法奏效。理甚易明，无法生存的沿海居民流落为商，商不成而为寇，是官逼民反，而不是民要为寇。

被朱纨赶跑的葡萄牙人也并未离开中国海域，他们继续和海商做生意。以九龙江口一带为基地，做着日本、福建、马六甲的三角贸易。

1553 年，葡萄牙船遭遇暴风雨，船飘到澳门，他们以船上货物全部打湿了，需要地方晾干为由，上岸曝晒。为此他们买通了地方官员汪柏，给了好处，就停留了下来。汪柏也向上打报告，为了规避"佛郎机人"不得停泊的规定，他报告上写的是"葡都丽加"，而明朝政府也未明察，就规定每年要交规费五百两。

自此，本来只是一时应急之策，反成为惯例。澳门成为葡萄牙花钱租用的港口、正式贸易据点。至于为什么葡萄牙名称叫"Macau"，传说是因为第一批葡萄牙人上岸的时候，问当地人此地的名称，人们以为是指海岸边的妈祖庙，于是回答"妈阁"，就这样成了葡萄牙人称呼澳门的名称。

澳门虽然改变了广东一带的交易，但它只是让葡萄牙人可以进港贸易，中国船依旧不能合法出海贸易。直到 1567

年，嘉靖死后，隆庆元年开始，月港开港，让中国船可以自此出洋，才能宣告海禁结束。

月港开放为一个出口贸易港，终于为福建浙江海商打开一条出路，海上倭寇也渐渐平息。[2]

2. 历史新页，月港开港

在"嘉靖大倭寇"的混乱时代，真正的海上交易仍继续暗中进行。王直只是一例。民间在偏远的地方交易，特别是福建官方视线所不及的漳州一带，反而进行得比宁波、泉州、福州等海域更为活络。

不仅中国商人出海贸易，日本商人也会在闽南人的带引下来月港贸易。

嘉靖二十四年（1545），日本"夷船"数十只，船主的手下多是漳州的海商，他们熟悉地方风俗人事，不待人带领，就直接到围头、白沙等澳湾停泊，各方想做生意的人，把土特产都拿来，如月港的新线、石尾的棉布、湖丝、中药川芎等，都云集到港口来，卖给日本商人。一时间，市道热络无比。直到政府都注意到了，派官军来取缔，"夷船"才赶紧逃去。民生市集终于恢复常态。[3]

眼见民间有此需要，而实际上也无法禁止，嘉靖四十四年（1565），漳州知府唐九德顺应民意，上奏设立海澄县，县治就设在月港桥头，以原八都防御寇乱筑起的土堡修葺而成。建城后，郡守罗青霄在县城的东北角建了一幢"晏海楼"，楼高四层，20米，足以远眺防备，楼底有地下道直通县城内的官署。在船只必经的海滩则沉石垒址，高筑炮台，东西长120米，炮台上建有瞭望楼，取名"镇远"，和"晏海楼"互为犄角，守护九龙江。

隆庆元年（1567），由福建巡抚都御史涂泽民奏请，明朝政府同意在月港"部分开放"海禁，准许私人申请文件，缴纳饷税，出海贸易。之所以称为"部分"是因为日本仍在严禁之列，且只准许中国船到海外贸易，不准外国商船进港来贸易。在"祖宗制度"的朝贡贸易未变的情况下，容许中国人到海外贸易，也是一种突破了。

月港不是一个深水港，水浅不易航行。张燮在《东西洋考》里写到，大船要出海，得看潮汐，由小船牵引。涨潮至圭屿，也就是月港的出海口中间的小岛。再一潮半（涨潮一次叫一潮，一潮半是指涨退潮一次半的时间）到厦门。如此，便于控制船只的进出。后来御史周起元奉请在圭屿建塔，拜奉天妃宫、文昌祠、大士阁，既有远眺之用，亦可以保地方安宁。

月港开放海禁，据学者李金明教授指出：首先，月港既然是一个中国国内走私的港口，明朝政府考虑到闽人从这里出洋贸易的习惯，划定范围，就可以避免走私活动影响到其他地方。

其次，月港只是一个内河港口，出海口在厦门，一般商船出海都得经过厦门岛，管理的官员只要在厦门岛设立验船的地方，就可以对进出口的商船进行监督，避免商船隐匿宝货，或者逃漏税。万一有倭寇来袭，也可以示警，让停泊在月港的商船赶紧转移，采取防范措施。在倭寇劫掠横行的时代，月港是一个容易防守的所在。

最后，月港地处海隅，跟政府设有朝贡贸易的市舶司如福州较远，不会干扰正常的朝贡贸易活动。[4]

具有突破性意义的是它的税制。这是中国打破朝贡制度，首度成立了现代性"海关"的开始，如何收税，确实是开了历史先河。

当时税收的"税饷"有几种：

一、引税，即许可税，每艘出海贸易的船，都必须到海防馆登记，填明货物的种类、数量、船的大小以及所要到达的国家，由海防官发给商引，每引收税若干。

二、水饷，即船舶税，以船的梁头尺寸为标准，规定西洋船面阔一丈六尺以上者，每尺征饷五两，每多一尺，加银五钱，东洋船较小，量减西洋船的30%。

三、陆饷，商船运回来的货物需缴纳的进口税，其税率大约为2%。

四、加增饷，为一种附加税，只征收往来于东洋吕宋贸易的商船。

这些饷税制度改变了以往抽分制。李金明教授认为：

"它标志着我国历史上征收海外贸易税已从实物抽分制转向货币税饷制，这在关税征收上不能不说是一大进步。其实，当时月港制定的这种饷税制已初具近代关税征收的雏形，为清初厦门海关的设置开了先声。"[5]

不仅如此，在海洋与商业文明的进展上，这是中国历史值得记录的一页。

海禁一开，船造得就更大了。从月港出洋的商船，"大者，广可三丈五六尺，长十余丈；小者，广二丈，长约七八丈"，"多以百计，少亦不下六七十只，列艘云集，且高且深"。

由于出洋的船太多了，万历十七年（1589）由福建巡抚定为每年限船八十八艘，东西洋各四十四艘，东洋吕宋靠得较近，定为十六艘。其余各国约二到三艘。其后因贸易的激增，船数逐步扩大。开放通商的港口，不仅包括东南亚各国，也包括日本、琉球，以及台湾的基隆、淡水。

此时的贸易数量有多大呢？根据 1586 年西班牙驻马尼拉的罗杰思（Pedro de Rojas）在写给国王菲力普二世（Felipe II de España）的报告中说："每年有 30 万比绍银圆，从这里流入中国，而今年超过了 50 万比绍。" 1598 年，特洛（Don Francisco Tello）致菲力普国王报告中说："来这里贸易的中国人每年带走八十万比绍银圆，有时超过一百万比绍。"[6]

一比绍银圆有多重呢？依照中国人计量单位换算，一西

班牙比绍 24.5 克，明朝一两银子 37.5 克，1 斤（600 克）
等于 16 两。而明朝戚继光的士兵，一个月薪水不到一两。
一个七等知县，年薪 45 两，约等于 67 比绍。五十万比绍有
多大的贸易量，由此可见。

月港和马尼拉的贸易直线上升。对日本的贸易也直线上
升。这是和日本生产白银，而西班牙在墨西哥开采白银矿
有关。

月港的税收有多少呢？根据统计，万历三年（1575）有
六千两，万历四年（1576）有一万两，万历十一年（1583）
则超过两万两，十年后更到达两万九千两。对财政不足的福
建是一个重要财源。

如果明朝有远见，以月港为试验港，建立管理制度、税
收基准、海关检验等，对出口的中国海商，发给海外贸易许
可，以建立如日本御朱印船一样的认证制度，再逐步推展到
沿海其他港口，未始不是一个非常好的开端。中国命运很可
能就此改观。

然而，月港的开放为什么不能改变中国呢？

月港开港二十二年后，万历十七年（1589），颜思齐在
月港北岸青礁村出生。他面对的，是一个从非法的海盗、海
商，转为正常贸易，各国海商云集的港口。

一个开放的世界，向着月港、漳州、福建、中国展开。

一个青年，生命充满各种可能。新的人生，在人们的面前展开。一个充满机遇，爱拼才会赢的时代。

3. 西班牙与白银时代

月港之成为世界进口白银的最大港，甚至改变了明朝的历史，固然与开港有关，但西班牙殖民马尼拉，却是一个决定性的关键。

1521年，麦哲伦率领的西班牙舰队从大西洋经过南美大陆，横跨太平洋，终于抵达菲律宾群岛的宿雾，开启西班牙对这航线的兴趣。可惜的是，麦哲伦未能完成绕地球一周的愿望，死于介入宿雾的土著战争中。他仅剩的两条船为了避开已经在亚洲的葡萄牙舰队拦截，特意分为两路。一条船向北，却遭遇暴风雨，只好开回香料群岛，船上仅剩下十九人，却不料碰上葡萄牙来这个岛上建立据点，全部被俘虏后关入牢里，十五人丧生，仅存的四人在四年后被释放，回到西班牙。另一条船向西，绕过印度洋。许多人死于败血病，他们不得不补给，停靠在非洲葡萄牙领地的群岛上，让船员带了一包丁香上岸，想换回食物，却被葡萄牙人发觉，被抓走了十三个人，船上只剩下二十二人，他们匆匆逃走，绕过好望角，直到1522年9月才回到西班牙。整条船上只剩下十八人。人人面目黧黑，衰弱不堪，连亲人都认不得了。但他们带回数量可观的香料，大卖了一笔，不仅赚回探险的花费，还赚了不少钱。

麦哲伦的航行经过美洲，打开了西班牙国王的野心，遂开始在南美洲殖民。

1544 年，一个印第安牧羊人在玻利维亚山驱赶一大群羊驼的时候，有一头羊走失了，他在山区寻找，意外发现了银矿。他不敢隐瞒，赶紧报告了殖民地官员。消息一传开，许多人要来这里开采。殖民地官员上报国王之后，菲利普二世将之命名为"帝国市镇波托西"（Potosí），自此波托西银矿吸引了大批西班牙金主，他们纷纷变身矿主，用最便宜的工资雇工，甚至去抓人，不顾印第安人的健康，全面开采，西班牙国家财富借此暴增。到了 1570 年左右，整座山的露天矿脉和浅层矿已被开采殆尽，只有采用自然掘进，深入矿山，由人力用袋子背矿石到地面，被抓来采矿的土著死亡比例非常高。这时另一种银矿提炼法也被发明出来，那就是"混汞提炼法"。波托西银矿再度进入大量生产。[7]

1573 年，第一艘来自马尼拉的船抵达太平洋对岸的墨西哥港口阿卡波可（Acapulco），此船从亚洲穿过墨西哥，满载着中国的丝绸、瓷器和香料，这些商品的价格和西班牙相比，便宜了 90%[8]，西班牙商人大感惊艳之余，立刻发现，中国方面最需要的是白银，因为中国的货币就是白银。只要将这里生产的白银运往马尼拉，再和中国的船商交易，几乎是一本万利。

一条从亚洲通往欧洲的航线自此展开。它被西班牙人称为"黄金航线"。

波托西的银矿自此成为西班牙的"银山"。最繁华的时候，有三十四座教堂，十四间舞蹈学校，剧院、沙龙、豪宅林立。然而由于生产条件太恶劣，工人大量死亡，不是死于硅肺病，就是死于水银中毒、营养不良、矿场意外等。附近的工人因迅速死亡而不够用，就从其他殖民地抓人来，甚至远从非洲进口黑人。至今，波托西当地仍残留着当年的殖民地遗迹。

然而，1573 年运到墨西哥的中国丝绸又是从哪里来的？

这就回到月港。1567 年月港开港后，许多福建人到东南亚经商。菲律宾距离月港近，当然是必去的地方。

西班牙殖民菲律宾始于 1565 年。国王眼见葡萄牙在亚洲的发展，下令墨西哥总督去殖民菲律宾。船队在 4 月抵达菲律宾宿雾，开始寻找顺风回航的路径。经过摸索向北，终于找到顺着太平洋黑潮走的回程，一路到达美国加州海岸，在 10 月回到墨西哥。这一条航路变成西班牙的东方贸易线。由于宿雾不适合航船进出，1570 年，西班牙人决定攻下吕宋岛的马尼拉，成为新的殖民贸易据点。

进攻过程中，西班牙人终于碰上了来自福建的生意人。这是西班牙人和福建生意人的"初遇"，从一场冲突开始。

根据西班牙军事指挥官戈蒂（Martin de Goiti）所留下的

描述，事情是这样的：1570 年 5 月 8 日，戈蒂带着一艘 50吨的中式大帆船，上面载了三支大炮，一只快船和十五艘宿雾当地的平底小船。两天后船到了民多洛岛，戈蒂得到消息说，距离约 40 公里之外的河中，停着两艘来自"生意人"的船只。当时菲律宾人都把中国人称为"生意人"（Sangleys），这是由于福建来的人都是来做生意的，他们用闽南语称自己为"生意人"，于是当地土著称呼中国来的人都叫"Sangleys"。

由于天候不佳，戈蒂派了一个队长带上几条小船先去河中侦查，并交代他们要和平相处。但强大的西南风让船无法顺利过去，就先停在一个岬湾过夜。隔天一早，天刚亮，土著小船就先到达了中国船只停泊的河口。中国人可能听到了西班牙人出现的消息，或是听到长铳的枪声，相当紧张，升起了帆，成排地站在船头。击鼓奏乐，发射火箭和小炮。

事实上，这些火箭和小炮只能是作为吓阻用的，根本不具备战斗力。而生意人也只是拿着长铳和长刀，站在甲板上，一副准备决战的样子。西班牙人却也不是省油的灯，立即发动攻击。虽然土著小船低而矮，但西班牙人训练有素，射击准确，很快射杀了几个中国人。这些生意人本来就不是战士，只是拿了枪作态，想吓唬人，此时一看死伤，立即躲回船舱里。西班牙人攻上了船，一通射杀，杀死了二十几个人，将两艘中国船俘虏了。

士兵一搜索，发现船舱里尽是宝贵的货物，包括织好的丝绸，一束一束的丝、金丝、麝香、镶金的瓷碗、一匹匹的棉布、镶金的水壶以及珍奇物品。而甲板上则堆着瓷器花瓶和碗盘。士兵一通洗劫，把抢来的东西都妥善收藏好。这时，西班牙的队长也来了。他看到士兵把中国人的商船搞得一团混乱，假装发了一通脾气。把船停好之后，他向中国生意人道歉，但也认为中国人不应该先攻击西班牙人。双方谈判后，戈蒂决定释放他们回中国，还另外给他们一条船，可以回家乡，并带上沿途需要的食物。可以想见，这两艘船和上面的丝绸瓷器等物品都被扣下了。西班牙大赚了一票。但中国的生意人本以为必死无疑，竟获得释放，死里逃生，也感激地跪下道谢。[9]

消息很快传到了华人圈，戈蒂攻进马尼拉的时候，马尼拉湾停泊着四艘中国商船，他们一听到西班牙人舰队来到，知道不敌，就用小船载着白兰地、母鸡、大米和几匹丝绸来送礼，并且抱怨说，当地的摩洛人不让中国船逃走，为避免战端，还把船上贵重的东西都抢走了。马尼拉是一座繁华的大城，布有大炮防守，戈蒂进攻的时候，发生激烈战斗。四艘中国商船赶紧靠在西班牙船的旁边，以避免风险。等到战斗结束，戈蒂怕人手不足，无法进入内陆战斗，于是决定先撤退，就带上四艘中国船一起离开。而中国船上虽然没有什么好货，也用一些小东西和西班牙人交易。

就这样，中国"生意人"和西班牙人交上了朋友。

福建生意人的圈子不大，西班牙人好打交道的消息很快传开来。马尼拉的贸易迅速兴盛。福建人喜欢亲戚互相拉带，找亲族帮忙看顾生意，有钱大家赚，总是比较放心。因此一个拉一个的，建立商业据点。马尼拉的中国人很快达到两三万人，聚集成区，集结成市，远比西班牙殖民统治者的一千多人，还多了二十几倍。

1573 年，马尼拉总督写给国王的报告里说："中国船只每年来到这个吕宋岛的许多地方交易，可以肯定，中国大陆很靠近我们，不到 200 里格[10]。……我们到来以后，总是想方设法好好对待他们。因此在我们居住这个岛屿的两年期间，每年都有很多中国人和更多的船只到来，而且比以往来得更早，所以他们的买卖是跑不掉的。……每年都带来更好和花样更多的物品，如果新西班牙（即墨西哥）的生意人能够来这里交易和开矿，他们可能会赚更多钱。"

1573 年，正是第一艘来自马尼拉的船抵达墨西哥的年代，自此开启了西班牙的黄金航线。

从漳州月港，到马尼拉、转到美洲、墨西哥，再转回欧洲，中国以月港为出口港，源源不绝地向欧洲输出商品。而白银，也源源不绝地从墨西哥流入中国。

根据全汉升在《中国文化研究所学报》的研究报告，1565 到 1815 年，两百多年的时间里，每年从西班牙美洲殖民地（包括墨西哥、秘鲁、玻利维亚等）运往马尼拉的白银，均在 100 万至 400 万比绍，用于向中国购买各种制造品。1571 至 1821 年间，从美洲运往马尼拉的白银，共计 4

亿比绍，其中有一半流入中国。中国因此被称为"欧洲白银的坟墓"。

白银改变明朝的命运。学者普遍认为，张居正的税制改革"一条鞭法"改变了洪武体制，"上接中唐杨炎的两税法改革，下接清初雍正的摊丁入亩制度，令中国财赋体系最终告别实物税，转向货币税。……它进一步加大了明朝经济白银化的程度，根据学者彭信威的估算，明代两百多年内，金银比价从明初的一比四、一比五，到明末的一比十，甚至一比十三，贵金属的流动看似只是经济行为，但其作用以及副作用则相当漫长，甚至影响了一个帝国的兴衰。"[11]

美国学者魏斐德估计，"美洲所产白银有 20% 被西班牙人帆船直接运过太平洋到达马尼拉，然后运往中国，购买丝绸和瓷器。还有一部分美洲白银通过中亚贸易到达俄国的布哈拉，然后间接转入中国，美洲新大陆出产的贵金属，有一半之多经上述渠道流入中国。"[12]

货币的流动互通，也使得中国的兴衰与世界的脉动紧紧联结。魏斐德认为，17 世纪的中国危机与全球危机之间存在彼此呼应关系，"中国对马尼拉的支配达到这样一种程度，使得中国贸易和世界贸易的长期周期性波动出现了一致性，甚至还达到了这样的程度，使中国贸易的波动幅度比世界贸易的波动幅度大得多。因此，我们可以断定，不管表面现象如何，正是跟中国贸易的兴衰，支配着西班牙海上贸易本身的消长。"[13]

从月港的开港，海外贸易关系，世界白银的流动，以及中国兴衰与全球性脉动的关连，见证着明朝面对的不是一个封闭的时代，第一波全球化浪潮拍岸而来，已经改变了中国的命运。

和西班牙、葡萄牙的贸易不仅改变了中国的货币与国运，输入的各种农作物也改变了中国的农业。最明显的即是玉米和甘薯。玉米在闽南语中叫"番麦"，甘薯在闽南语叫"番薯"。这就表示了它是来自"番国"的外来品种。这些美洲的农作物不像稻米、小麦等，有耕地条件的限制，它有极强的生命力，适应性强，耐寒耐贫瘠，易于在不同地形生长，产量又高，很快地增加了耕地面积，让贫苦的农民有了生存的食物。17世纪之后，中国人口快速增长，即与此有关。所以这些粮食作物的引进，被称为"中国的第二次粮食革命"。

其他引进的作物，如花生、向日葵，为居民提供了食用油的新选择，从南到北，普遍种植。还有西式辣椒、番茄（西红柿）、南瓜等，都是跟着开放而引进的外来品种。

开放的贸易，无形中已经改变中国。

4. 宦官税珰

从后世的眼光看，16、17世纪的海洋，是一个风云变色、群雄并逐的世界，也是一个"人类商业与文明活跃的舞台"。中国南方的浙江、福建、广东，都是这个浪头拍打的海岸，也是异国文明进入的窗口。然而生存于当下的人，只能在有限的情境下，找寻自己的生机。对有远见敢冒险的人，这个时代却是一个新的开始，即使他并不明白未来会如何，但广大的世界、异国的文明既已展开，为什么不走出去一窥"天下之奇，万物之异"？

成长于青礁颜恺家族的颜思齐，就住在海边，靠近月港，那里有活跃的海商，各种进出港口的异国珍奇，吸引年轻的眼光。更有一个个在海外经商致富，从贫户转变为富商的故事，如何不招引他的雄心？

对颜思齐来说，他的书香世家背景，或许更容易选择科举之路，这是当时读书人的出路。但他却自幼"雄健好武艺"，显然无意于仕途。然而，在二十二岁那一年，他却因为"遭宦家之辱，愤杀其仆"，为什么？是什么原因，让一个青年愤怒杀人？是什么侮辱，让人难以忍受？是什么时代，让一个青年敢于反抗，不惜亡命天涯？

原因唯有回到当时的情境才可能理解。因为，一个被皇帝派遣来收税的宦官高寀，不仅改变了福建的商业活动，更改变了许多人的命运。

万历二十七年（1599），颜思齐十岁的那一年，福建来了"税珰"高寀。

"税珰"，是一个明朝的专有名词。"珰"本是指挂在帽子前面的玉饰，后来变成对宦官（好像挂在皇帝前面的饰物）的称呼，颇有轻视之意。"税珰"意指皇帝专门派出到各地去课税、并监督地方财税的宦官。

万历年间，发生三大远征战役，分别是宁夏战役、朝鲜战役、播州战役。依据《明史》的统计，"宁夏用兵，费帑金二百余万。其冬，朝鲜用兵，首尾八年，费帑金七百余万。二十七年，播州用兵，又费帑金二三百万。三大征踵接，国用大匮"。明朝的税收本就不重，三大战役主要动用的是皇帝的内库。明朝财政本就分为皇室财政的内库与国家财政两部分。内库，是指本属朝贡、特殊税收等的收入，专为皇室的建筑新屋、陵墓、赏赐官员、皇室婚丧喜庆等之用，而与国家财政的用途区分开来。但在战争中国家财政本就不足，所以就先从皇室内库借用，以后再由国家财政追还。

但皇帝的内库空虚，于是就想出了由皇帝派出宦官到各地去收税的办法。宦官到盐矿、银矿、各个主要交易地区，去查税征税，这本属常理，可这一次却造成非常大的弊端，原因何在？

根据利马窦的描述，在 1600 年从南京前往北京的过程中，他在临清遇见了一个宦官马堂，这人是皇帝派来收税的税珰。他听到利马窦带了许多珍稀礼物要献给皇帝，立即说要护送上京，还叫他们把礼物呈上去给他看。不料他看到喜欢的，就自己先收了起来，如果有什么没呈上，就暴跳如雷。利马窦被扣在手上，只能求助于北京的官员。可是那官员只能回复说："现在皇上只听宦官的，你的上上策是舍财保命。"

皇帝派到福建的宦官就更恶劣了。张燮在《东西洋考·税珰考》一文中把高寀的恶行劣迹，作了详实的、令人发指的刻画。

高寀是 1599 年被派来福建的。他一到，带着皇上的天命，立即招兵买马，准备大干一场。原本的地方官员是科举出身的知识分子，总是瞧不起不学无术的宦官，所以他只能召集被罢黜的官员、逃犯、恶少、无业游民等，当作打手税吏，到处找人麻烦。他总是在繁华的市集设关卡，把皇上的圣旨牌放在桌上，无论舟车、鸡猪都得课税。后来他发现，漳州海澄的大利在海港，于是亲自到船舶上去巡视收税。

海澄的县令叫龙国禄，个性耿直，不畏权势，规定部属不得被高寀驱使，要严守法令。高寀叫人去通报他事情，那人驾了马车冲到官府，态度傲慢，他马上把人抓起来，当庭鞭笞。高寀气得要向皇帝上疏弹劾他，手下有一个人说："这海澄很乱，所以没有造反，是因为还有他在，如果他有危险，会激起民变，不如让他赖着吧。"高寀这才忍下一口气。但他每年都要到海澄，不仅建了一座官署在月港，还在船只进出的圭屿另设一个官署，专门收税。此外还在漳州城中和三都澳开了税府，拦下出入的船，上船看到什么奇珍异宝，喜欢的东西，就说是要献给皇上的，一律拿下再说。敢违逆的，就人船一起扣押没收。

万历三十年（1602），所有回到港口的船只，他不许任何人上岸，必得交完税才能走。船舶排长龙在港口等交钱，等了好几天，有家归不得，有人等不及先回家，他竟把人抓了去关。被抓的人太多，在路上相望，海商一个个气得哇哇叫。最后有人鼓噪起来，暗自计议要把他杀了，再杀他的随从，一起沉入海底喂鱼。高寀一听，吓得连夜逃走，再不敢来港口恶整。

皇帝鼓励宦官到地方上去开矿，好增加收入。高寀就到漳州龙岩地区，不论有没有矿藏，他先找有钱人风水好的墓区，就宣布此地有矿，命人当场开挖。富人吓坏了，怕破坏风水，只得奉上大银，直到他满意了，才放过一马。他指挥徒众开了许多矿，却没一个有生产的，徒然浪费了公帑，赚饱了私囊。

他还接受荷兰的贿赂。万历三十二年（1604），海商潘秀、郭震等带了渤泥（即今日文莱）国王信，为荷兰请求互市，声称旧浯屿是彼国本来就与荷兰通商的地方，想重修旧好。荷兰船也不等回答，把船队开到澎湖，被当地的官军严肃拒绝了。荷兰听到高寀的事，认为可以收买，就请人允诺以三万两银圆贿赂，先支付订金，还许诺事成后会再给足。高寀收了大红包，于是问计于大将军朱文达说："这荷兰互市如果成了，大有利头。可海防这边意见不一致，你帮我想想办法。"

朱文达跟高寀交情不错，他的儿子还是太监的干儿子，于是代为向边防官员说："红夷（当时对荷兰人的称呼，以其头发为红色而名）勇鸷绝伦，战器事事精利，整个福建的舟师加起来都打不过，不如允许互市。"高寀很高兴地派遣一个叫周之范的手下去通报荷兰，索取贿赂。荷兰船长韦麻郎很大方给了一大笔钱，认为大事已成，就派了九个荷兰通事一起回来，到省里等候同意的命令，可是一直下不来。

此时福建的参将施德政已奉命要赶走红夷，于是派了沈有容带了几十条船，去澎湖劝说荷兰人。沈有容早知道贿赂的事，便劝他们不要被小人所欺骗，不如尽早离开。韦麻郎是精明的人，他知道荷兰船队不是沈有容的对手，而福建官方也没有互市的意思，于是决定撤退。想不到高寀竟然上疏皇帝，为荷兰乞求互市。还好，明朝中丞和御史都认为"珰疏不纳"，把它否决了。

福建的海上人家听到了，都高兴得直呼"万岁"。只有高寀记恨顿足说："都是德政败坏了我的好事。"

万历三十四年（1606），皇帝看到开矿只会赔钱，终于下令封闭所有宦官的矿洞，矿产的税收归给主事官员，这才改变了"假采矿真勒索"的乱象。但在福建搜刮了七年的高寀早已坐大，还得到皇帝拔擢为大太监，赏赐绯鱼服。他在福州近郊乌石山建别墅，在官署后方建楼房，宏伟如同皇宫。

高寀横行无忌，只要看不顺眼的，逆了他的意的，就以逃漏税的名义，去搜括查扣。他买东西从不出钱，而是给商家票子，过了很久才给钱，但给的是一半的价钱。所有福州商家都不想看到他来光顾。

万历四十二年（1614），广东的税珰李凤病死，上面有旨令高寀兼督广东。福建父老心想，广东税比福建富多了，高寀一定会去，大喜过望，只希望早早送走瘟神。却不料广东人非常强悍，他们知道高寀的恶行，早已歃血订盟，誓言如果他敢踏进广东一步，等他船到，就揭竿而起，宁死也不让他来。

高寀觉得自己又高升了，神气活现，就造了两艘双桅的超级大船，号称要航向广东，但到广东怎需要如此大船，他其实是看到海商有利可图，自己要来插一手。所以他的船上插着黄旗，兵士不得盘问，而所有货物都是违禁品，如番段、龙凤红袍、建铁刀胚、硝磺、铅、锡、毡单、湖丝，价值数十万。这完全是和荷兰交易的准备。但他出入陈兵，家丁三百余人，宾客谋士及歌童舞女百人。这样的阵仗，谁敢撄其锋？

可偏偏他碰到一群坚持原则的东林党人。施政德当时任福建都督，硬是把船挡在海门，让他无法出发，中丞袁一骥则找了部属上船查缉走私货品，找证据要治他。浦城人有很多被高寀的手下祸害过的，就控制海港出口，不让船走。青礁村的进士周起元则上疏皇帝，写长文一条一条控告高寀的罪状，请皇帝把他抓起来治罪。后来袁一骥干脆把他的手下先抓起来法办。

4月11日，高寀要坐船出海的消息传出去，几百个被他打了欠债借条的人群聚在宦署，要求还钱。从金饰、丝绸，到油盐柴米都有，加起来有几万两。群众气愤高喊还钱。高寀却不怕，指挥了平日训练的家丁打手去殴打群众，立刻有几个人被打死了。群众赶紧走避，却不料宦署还有人从高楼射箭，把周边的民宅放火烧了，火势非常严重，群众吓得溃逃。

消息一传出来，远近不平的人更多了，死伤者的家属朋友，路见不平的人，数千人群聚在宦署前，团团包围起来，高喊要他还个公道。高寀哪会怕，他拿着长刀，跳上马，带上两百多甲士，对着没有装备的群众就冲杀过去，直冲到中丞袁一骥的官府前。这时，正是皇太后过世，哀诏刚送到，整个官府官兵解严，大开中门，迎接哀诏，高寀就在这空当中，率领两百多个手下，持刀破关，直接冲进去。

袁一骥一看，大怒叱骂："我们正在等候皇太后的哀诏，你这样冲来，要造反吗？"

高寀看袁一骥词锋慷慨，顿了一下，气势受阻，想到皇太后哀诏，也不敢乱来，就用刀挟持了袁一骥，一起走出去。走到大门口广场前，碰到他的副使李思诚等人，他才把袁一骥放了，把副使等人抓起来，当作人质。

欠债不还，杀人放火，挟持中丞，所有老百姓都愤怒了。上万人围住宦署，要杀人偿命。此时要杀了高案一点都不难。但袁一骥担心杀死皇帝命官，有伤国体，终究忍了下来。他劝告百姓说："大家不要激动，皇上自有处分，我们不要狂斗吧。"

周起元、袁一骥上疏的状子告到皇帝那里，各地大小臣工的状子堆满一桌子。走私的证据明确，大太监也保不住，皇上于是下令袁一骥把高案撤回北京，等候处分。相较于他的罪恶，这个处分未免也太轻了，但福建人想到十六年的阴霾，十六年的委屈，一朝可以除去，也就不想多计较了，只愿快快送走瘟神。

这高案带了上百个手下，带了太多搜括的宝贝财物，走不动，一路慢行。走了好几个月才到京城。他还行贿大太监帮他说话，免于处罚。最后被皇帝下令拘禁，但不知所终。[14]

这是张燮在《税珰考》写下的沉痛见证。从1599到1614年，十六年荼毒，从城市到港口，从油盐柴米的小贩到富商巨贾，从山矿到船舶，支使数百恶仆在地方横行无忌，还出卖国家利益，公然接受荷兰贿赂，上疏开港互市，这样的宦官，如何不引起民众反抗。

依照民间的江湖道义，袁一骥本不需要写那么多奏折，去上告皇帝，反而该让高案上船出海，再传讯息给几个海盗，在海上把他"做"了，把船货卖了，拿来救济受害民众，这才真正符合江湖道义。只是袁一骥身为官员，不能伤了国体，坏了法治，鼓励报复而已。

回头看，1611 年，高案横征暴敛最猖狂的时候，正是欧洲列强风狂雨暴，用银钱、收买、枪炮，要打开贸易大门的时代。生活在那个时代的青年，如果没有愤怒，没有反抗，那就太没有血性了。

高案到福建的那一年，颜思齐十岁，而"遭宦家所辱，杀其仆"，是在 1611 年，他二十二岁的时候。一个人的青年时代，面临巨变风云，却眼见宦官党羽横行，到处欺侮百姓，甚至劫持政府官员，如何不生气？

当然，我们不能判断"宦家"指的是"官宦之家"的官员，还是"宦官之家"的宦官，所以不能说他一定是受到宦官所辱，为了伸张正义而杀了仆人。但想想那个时代，月港开放，整个海洋世界在青年眼前展开，西洋的新鲜事物，东洋的贸易航程，南洋的香料珍稀，乃至于金发碧眼、红发白脸的葡萄牙人、西班牙人、荷兰人都来了，这个世界，却被宦官的贪污腐败所捆绑、勒索、劫持，连百姓都起来包围宦官的官署，则民愤有多强烈，颜思齐的愤怒，便有多强烈。他的行为，便不难理解了。

二十二岁的颜思齐杀了宦家仆人，只有逃亡海外，跟了走私船到日本。开始另一段人生。

高案只是一个典型。整个官僚体制的落后，改变的不只是一个青年的命运，而是一个时代。

这是一个全新的海洋时代，明朝的朝廷上下都还没有准备好，一切仍在摸索。欧洲国家来东方寻利，枪炮与白银齐发；东方民间看到利益，壮大贸易，却缺乏制度性保障。明朝官方思维仍是大一统的帝国朝贡体制，不知变通，贪婪腐败。本来民间新起的海商文化，仍有机会与欧洲国家竞争，协同发展中国南方的商业经济，然而，民间自主的海洋文化、不断引进的白银，能够抵挡得住大明王朝的倾颓吗？

注释：

[1] 汤锦台著：《闽南海上帝国》，如果出版社，2013 年版。

[2] 廖大伟著：《十六世纪葡萄牙人在漳州的航海与贸易》，《首届月港海丝文化论坛论文集》，2015 年版。

[3] 涂志伟著：《大航海时代世界格局下月港地位的变迁》，《首届月港海丝文化论坛论文集》，2015 年版。

[4] 李金明著：《月港兴起与海上丝绸之路的变迁》，《首届月港海丝文化论坛论文集》，2015 年版。

[5] 同上。

[6] 同上。

[7] 上田信著：《海与帝国：明清时代》，叶韦村译，（台北）商务印书馆，2017 年版。

[8] 同上。

[9] 汤锦台著：《闽南海上帝国》，如果出版社，2013 年版。

[10] 里格（league）为西班牙距离单位，1 里格约 3 海里，5.556 公里。——编注

[11] 徐谨著：《白银帝国：从唐帝国到明清盛世，货币如何影响

中国的兴衰》，时报文化出版，2018 年版。

［12］魏斐德内容，引自徐谨：《白银帝国：从唐帝国到明清盛世，货币如何影响中国的兴衰》。

［13］同前注。

［14］高寀的事迹，内容引自张燮《东西洋考》一书中《税珰考》。本文引自《张燮集》，陈正统主编，中华书局，2015 年版。

平户时代

　　荷兰人未曾见过这种打法，加之半夜突击，措手不及，火船接连燃烧，将鼓浪屿的海面烧得透红。荷兰停在鼓浪屿的两艘船，一艘被火烧毁，一艘着火后被扑灭逃走。利邦上尉就是在这一艘逃走的船上，他事后直呼："我们以为会被烧死，因为'熊号'已经起火，可能被烧毁。但靠着上帝的恩典，火熄灭了，而且没有大碍。"利邦上尉幸运逃过了一死。

　　火船，是郑芝龙海战的致命武器。靠的是拼了命的海战勇士，让荷兰人不敢再来中国沿海横行。

1. 马尼拉大屠杀

　　1603年，是一个奇特的年份。

　　这一年荷兰东印度公司俘虏了葡萄牙商船，把克拉克瓷带到欧洲拍卖，造成的轰动，让福建平和这个小地方的经济为之改观，为外销瓷器而造的窑，多出了几十处。

这一年，德川家康得到敕命，成为幕府大将军，日本战国时代结束，江户时代开始。日本走向新的时代。德川家康一改丰臣秀吉威胁恫吓的外交政策，改为温和友好的对外贸易政策，欧洲人东来的意愿增强了。

这一年，英国女王伊丽莎白一世去世，英格兰王位由苏格兰国王詹姆士一世兼任，英国斯图亚特王朝开始。英格兰与苏格兰自此共戴一个国王。英国历史为之改写。

这一年，徐光启在南京由耶稣会士罗如望（Jean de Rocha）受洗入天主教会，圣名为保禄（Paulus）。两年后，他开始和利马窦合作，翻译《几何原理》，开启中国引进学习西方科学的启蒙之路。

然而也正是在这巨变的年头，有一个从菲律宾回中国的商人张嶷，通过他的官员朋友阎应隆向万历皇帝报告说，在吕宋岛的机易山（Cavite，即今日甲米地，在马尼拉湾，距离马尼拉城区不远），产有黄金，朝廷可派人去开采。朝中大臣意见不一，但是帮皇帝处理财库的宦官想帮皇帝赚钱，这起了决定性的作用，事情就交给宦官集团办理。宦官集团就近便指派给福建珰宦高寀来具体处理。

高寀贪心无底线，兴冲冲派了海澄县丞王时和等三个人主事，带了一队人马，船一开，就去马尼拉。马尼拉的西班牙当局看到明朝来了官员，不敢招惹，行礼如仪，小心应付，不动声色，看他们在华人之间接受招待，招摇过市，横行无忌。但就是找不到金矿，最后只好知难而退，空手而回。

明官员的到来，让马尼拉的西班牙人非常不安。他们和中国贸易，许多福建生意人和船员携家带眷，落脚在此，人数已经有两三万人。1603年10月3日，西班牙人突击发动对华人的大屠杀。[1]

大屠杀不分男女老少，持续了二十几天。张燮在《东西洋考》称，被杀的华人有两万五千人，仅有三百人存活下来。而西班牙记载的人数更少，只有两百人存活。幸存的两百多名华人被生擒到马尼拉湾的排橹船（galley）[2]上服役。西班牙人当然也趁火打劫，把所有华人的房屋、财产、船只等都没收了。

这一场大屠杀的死者大多是漳州、泉州一带的生意人，他们习惯攀亲带故，家族相帮，一起出海经商，因此对福建人的家庭打击非常严重。

那一场大屠杀的行动面太广，西班牙人调动了当时在马尼拉的一千多名日本人，和北方的非律宾土著邦板牙人（Pampanga）参加，屠杀过程中，任其洗劫财物细软，包括了金银珠宝、珍珠丝绸等。当然，最主要的财产仍为西班牙人所夺取。

福建一带的华商两万五千多人被屠杀，那是何等的大事。许多人都是亲人互相带引去经商，一些家族一次死去父、夫、兄等亲人，成为寡妇、孤女的女子相约自杀，竟成为文史记载的烈女传，那是何等的悲剧。泉州《安平志》曾记载大量死者名单，文中称之为"吕宋夷变"。

后来西班牙总督也觉得太过分了，决定归还死者的财物，于是把一些财产封存在马尼拉的库房中，要家属去认领。但家属人生地不熟，又是在屠杀之后，谁敢冒险再去？于是就有和西班牙总督相熟的华商黄某，冒称是家属所托，特来代领。这种事竟也曾发生。但后来的认领也不了了之。

就在这一场大屠杀之中，可能有一个幸存者名叫李旦。他后来成为转变台湾命运的关键人物。

李旦在马尼拉经商多年，积累不少财富。根据他后来对英国驻日本平户商馆馆长理察・柯克斯（Richard Cocks）的说法，西班牙人觊觎他的财产，把他抓了之后，将他的四万两白银全部抢走，还把他送去排橹船上当苦力。后来他逃了出来，才去了日本。

依据台北"中研院"历史语言研究所研究员陈国栋在《马尼拉大屠杀与李旦出走日本的一个推测》一文的推断，依年代，李旦在 1607 年到达日本，此前他在马尼拉经商，应经历 1603 年的大屠杀。[3]

李旦可能是那幸存的二百人之中的一个。他被带到排橹船上，参加了西班牙远征摩鹿加群岛的战役，直到 1606 年之后才被释放。1607 年春天，他乘着南风北上，到达日本平户。[4]

2. 甲必丹李旦

　　平户是位在日本最西边的岛屿，与东边的长崎正好对应着浙江宁波。

　　平户的中国人有不少，浙江、福建、广东人都有。至今平户仍留有六角井（用石块堆出六角形周边的水井），同样外形的水井，在日本五岛群岛的福仕也看得到，据说，两者都跟倭寇大头目，或者说大海商王直有关。[5] 古井不会说话，但 16 世纪中叶，王直曾活跃于平户与五岛，以此为根据地，却也是不争的事实。

> 　　在中国，最著名的六角井在诸葛亮的故乡——隆中。相传诸葛亮青年时期在此读书，饮水都来自这一口古井。因此此种六角形制的井为中国传统，应无疑义。在台湾的云林县水林乡，也就是颜思齐所开的十寨最主要的地方，虽然没有六角井，却有两座七角井，位于水林乡水北村中庄路及车港村红毛路池塘旁。民间传说，这是明末颜思齐来台时，由二十八个结拜兄弟中的黄碧所开凿。它是用压船底舱的大块方形砖所砌成，以方块壁砖为材，应用拱桥原理建构井壁，宽四尺许，深达两丈余。传说，当初颜思齐拓垦时，这里还是临海地区，鸟湖沼泽很多，地下水的水质略带盐分，于是以沙质地形作井，加上外围多为水池，形成多一道过滤盐的功能。

1514 年，王直到达平户的时候，岛主松浦隆信将他奉为上宾，还将自己的房子让给他住，松浦家代代相传的《大典记》有如是记载："平户海岸从大唐来了位名叫五峰（王直的号）的客人，在印山寺大屋盖了中式楼房住下。自此之后，大唐的交易船只源源不绝，还第一次有南蛮黑船来到平户海岸，每年都会有南蛮的珍稀物产，使得在京城、堺区，还有各地的商人都聚集来此，众人还称这里是西都。"[6]

王直以宁波的双屿、日本的平户、马六甲为交易据点，联合葡萄牙人、福建海商，形成一个巨大的贸易网，他独占了东南亚、中国等地与日本的交易，让平户变成一个繁荣的港口。特别是朱纨剿灭双屿海商之后，海盗大盛，王直一而为当时往来日本与中国的最大海商。为了维护海上利益，他自建武装力量，一方面反击海盗，保护往来商船，一方面和中国执行海禁的官兵对抗。

明朝无力对抗，最后终于接受他的要求，祭出招降的对策。拟定政策的人是胡宗宪，他是王直的徽州同乡。在拟定解除海禁的报告中，他提出王直为整合海上势力的贸易人才，与其让海商海盗不分地对抗，变成祸患，不如以一个有能力的人，来整合海上交易，海商为保护自身利益，自会与海盗对抗，维护沿海安宁。

对胡宗宪的提法，朝廷中不无赞成者，如唐枢就指出，若答应王直的要求，会有五个优点和五个问题。但拒绝的话，也会有四个优点、四个问题。但他的报告结论认为：

"华夷同体，有无相通，实为势之所必然。中国与夷，各擅土产，故贸易难绝，利之所在，人必趋之。"

可惜的是，胡宗宪在反对开放的保守派议论之下，被质疑是与海商海盗勾结的利益集团，迫不得已，他在 1559 年 12 月下令将王直斩首。然而，海盗自此大兴。江浙、福建、广东同蒙其害。

但一如唐枢说的"利之所在，人必趋之"，和日本的贸易在走私海商与葡萄牙商人的营运下，继续增长。特别是 1567 年，月港开港后，往来平户的海商变成是福建人居多。他们在马尼拉、万丹（爪哇岛）、月港、长崎、平户之间，大做三角贸易，互通有无。

继王直之后成为平户大华商的人是李旦。

1607 年春天，李旦到达平户的时候，日本已经进入德川家康时代。日本历经战国的乱世流离，社会慢慢安定下来，走向复原。此时封建领主土地所有制因战争的破坏、兼并而崩解，农民有了耕地，生产的自主性得到提高，民间工商业活动则快速恢复，逐步形成新兴的商业城市。丰臣秀吉时代，为了加强商业与贸易的控制，曾设立御朱印船贸易制度。这制度规定，领有丰臣秀吉所颁发的御朱印状，才能证明是合法的船商，以有别于海盗船，御朱印状上亦载明了这是日本许可的船只，希望所靠港口的官方予以协助，允许其合法贸易。

从丰臣秀吉到德川家康，这个制度一直延续下来。它的政治经济目的是非常清楚的，一方面增进财政上的收入，巩固权力的物质基础（所以德川幕府也入股参加海外贸易），同时进口幕府军队需要的大炮、铁砂等；另一方面是进口奢侈品如丝绸、瓷器，以满足皇室贵族的消费需求，并拉拢贸易利益集团，用特许的御朱印状将之置于中央集权的控制之下。而在海外则可以保护合法海商，避免与海盗混淆不清。

相较于明朝的海禁政策，剿抚不定，反反复复，日本的政策明确而有效多了。

当时，在平户、长崎，要取得御朱印状相当不易，要有特殊关系，有一定的实力证明才能得到。

一艘御朱印船要开出海，需得有各方的社会参与。要有人建造船舶，筹措资金，购买货物，了解各地商品行情，利用各地市场区隔交换；同时也要有受雇的船长、船员、搬运、货物交易管理人等。当然，船主主要是幕府、大名、特权商人等，他们一般不会出海，而是交由船长负责。而受雇的船员除了日本人之外，有不少中国人，以及葡萄牙人、西班牙人的信教者，他们主要担任海上领航员，以及负责交易过程的交涉。为了航海安全，德川家康曾规定每一艘船得有葡萄牙船员作为领航员才能出海。

日本御朱印船贸易始于 1592 年，至 1636 年锁国时代而结束，跨越丰臣秀吉和德川家康两个时代，派出的船有多少，交易的国家和地区如何呢？

根据岩生成一的统计，自 1604 至 1635 年的三十一年间，总共有一百五十人得到朱印状，派出去的船舶有三百五十六艘。贸易地点则有安南、东京、摩萨、文莱、摩利伽、交趾、信州、顺化、迦知安、西洋、柬埔寨、占城、暹罗、太泥、吕宋、密西耶、田弹等，最值得我们注目的当然是台湾和澎湖列岛。

在贸易商品方面，日本主要输入品为生丝、绢织物、兽皮、革、鲛皮、苏木、铅、锡、砂糖、香木等。输出品为银、铜、铁、硫黄、樟脑、米谷、工艺品、杂货等，而据日本史料《异国渡海船路积》等的记载，对台湾的输出商品为铜、铁、药罐、杂货，自台湾输入日本的商品为生丝和鹿皮。当然，日本产银，所以总是带着一船白银前往贸易。[7]

台湾盛产鹿，有水鹿和梅花鹿，输入鹿皮，无可厚非。但台湾不产生丝。它从何而来呢？

这就涉及明朝对日本的限制。由于受到倭寇的侵害，在月港开港后，允许与各国通商，唯独不允许与日本通商。这就逼得日本只能从周边进行间接贸易。有时在越南、爪哇等地交易，但最接近而方便的，仍是台湾与琉球。所以福建商人载运生丝来台湾，与御朱印船交易，而御朱印船则拿日本的白银，或者硫磺、工艺品等，交易了生丝，再从台湾的少数民族处买鹿皮。

进行御朱印船贸易的船主和贸易商人主要是日本的权贵阶级，如平户的松浦镇信、佐贺的锅岛胜茂、萨摩的岛津忠恒、肥后的加藤清正、小仓的细川忠舆、有马晴信等权倾一方的大名，还有长崎奉行（相当于市长）长谷川权六。[8]但也有欧洲人和中国商人曾经获得过御朱印状。李旦和他的义弟欧华宇，就是中国人之中获得最多御朱印状的船商。

李旦在马尼拉本来就是合法贸易商，往来月港、菲律宾、日本之间做生意，到达日本后，凭着他的能力和人脉，很快安定下来，并借由对福建、东南亚贸易的网络，重建他的商业版图。事业蒸蒸日上，迅速累积财富，在平户建了非常气派的中式住宅，连英国商馆都是向他租的房子。

1613 年，英国遣日使节约翰·沙雷斯（John Saris）在 6 月 16 日的日记中记载如下："16 日，与担任当地之中国人地区之甲必丹的 Ardace 签订租用房宅之契约，六个月之房租为 95real，由他先加以整理，之后再由我等租用加以修缮并得随意变更，他按该国之风俗习惯于诸室酌设榻榻米。"[9]

这位屋主就是李旦。其后理察、柯克斯接任英国驻平户商馆馆长，直到 1623 年撤馆为止，英国一直和这位"中国甲必丹"（Captain China）李旦保持良好的关系。双方常常互赠礼物，荷兰人曾描述："他是一位狡猾的男子，于长崎平户拥有豪宅及数位美丽的妻子和子女"。

此时，日本已住了相当多的中国人。他们大多是为了通商移居日本，或因为违反海禁，出海经商而不得回家的人，也有被日本倭寇俘虏而上船赴日的奴工。明人朱国桢在《涌幢小品》中说："倭人伤明人者斩。倭王见明人，即引入座，我奸民常假官诈其金，留倭不归者，往往作非，争斗赌盗无赖。有刘凤歧者言，自（万历）三十六年（1608）至长崎岛明商不止三十人，今不及十年，且二三千人矣。合诸岛计之，约有二三万人。"

以此观之，无论是海商、亡命无赖或被俘虏者，居住于日本的华人已有两三万人，散居在日本十六州之中。这就代表中国与日本之间的往来已非常频繁，才足以养活这么多人。而长崎、平户因为是往来闽、浙的重要商港，必然聚居着更多的华人。福建巡抚南居益曾说："闻闽越三吴之人，住于倭岛者，不知几千百家，与倭婚媾，长子孙，名曰唐市。"

这些华人聚居的地区蔚然成市，于是有唐人街，贩卖来自中国的丝绸、布料、瓷器、中药、食品、香料等等，这也是全世界各地华人生活圈所共有的现象，无论是日本、菲律宾、万丹都一样。这些区域有繁华的商业活动，有方便的交易，更有商人聚集，毋怪乎英国商馆要向李旦租平户的房子。他们也想要和中国人有更多互动，以打通中国贸易的管道。

为什么在日本，会叫李旦"甲必丹"呢？原来这并不是日本语，而是葡萄牙语 Capitao 的音译（与英语的 Captain 同源，用闽南语发音会更接近原音），具有船长、司令官、首领之意，葡萄牙、荷兰在殖民地为了治理华侨，任命来经商

的华侨为甲必丹，以管理华侨之间的民事、商务问题。无法
处理，再交由殖民政府解决。在日本并无这个制度，但英
国、荷兰沿用这个说法，称呼李旦为"Captain China,
Anderea Dettis"，即意味着承认他在华人之中的领袖地位。

根据英国商馆日记的记载，李旦在长崎和平户都非常活
跃。柯克斯记录1616年，传出李旦与他的妻子不和，但次
年，他的女儿生日，许多华商特地从长崎来平户祝贺。李旦
也善于利用他往来厦门、菲律宾、马六甲的经商关系，找到
一些珍奇礼物，赠送给英国商馆，以及长崎、平户的权贵。
他和长崎的奉行长谷川权六交好，也和他的长子长谷川藤正
互有礼品的赠送。他和平户的岛主松浦隆信家族常相往来，
过年过节（即圣诞节）送礼不断。

这种良好的政商关系，正是英国人要结交他，甚至不惜
借钱给他做海外贸易的原因。这也使得他能够得到德川家康
时代的御朱印船特许，从事海外贸易。台湾的鹿皮贸易，以
及以台湾为交易地点的转口贸易，就是他的经营项目
之一。[10]

在17世纪初期，日本开放两个港口：长崎和平户，李
旦在两市都有豪宅，他的义弟欧华宇在长崎帮他打点生意，
而他的长子Augustin（小名一官，本名李国助）娶了日本妻
子，在政商界关系良好。而李旦的家族在福建仍有商业据
点，使他得以顺利经营日、华、东南亚的多角贸易。

3. 三雄交汇平户

1611 年春天，也正是高寀在福建横行最严重的时代，颜思齐在漳州杀了宦家仆人，从月港逃亡而出，东渡日本平户，在李旦的地盘上，做裁缝为生。

在中国人社会，裁缝店有两种，一种只是纯粹为人缝制衣服，客人自带布料。另一种是经营得法，做布庄兼裁缝，这是最为普遍的。

即使是 21 世纪的今天，在台北的迪化街、衡阳路一带，经营成功的布庄，依旧是布庄裁缝兼而有之，如此便于为客人量身定做。客人入店，熟客在一边泡茶，要做衣服的家眷去挑选布料，站在试衣镜前，将布料披在身上，侧身旋转，前看后看，以找出喜爱的质地色泽，再由裁缝依样式长短，开始量身材尺寸，剪裁大小合适的布料。

颜思齐做裁缝，也必定兼做布料买卖，如此才能将中国的丝绸布料，在这里展示、试镜、缝制、出售。当然，如果他的手腕够好，还可以成为从中国进口丝绸的批发商，裁缝店便是他的展示间。

颜思齐有福建的海商关系，身体雄健好武艺，自不难在平户生存，再加上他豪迈讲义气，好打抱不平，自有一帮异乡的兄弟来集结聚会。

可以想见，在排着整齐布料的店面里，有一条长长的大板桌，好方便裁剪布料，布料后有招待客人的圆茶几，福建式的紫砂茶壶泡着热腾腾的铁观音，飘着茶香，接待各方来客。若是父母带着女儿来做和服，便让小女儿去慢慢挑选丝绸布料，在试衣镜前细细端详，父母就可悠闲地喝茶等候。

福建漳州的习俗，有客人来了先奉上小杯茶，清清心再谈事。远近过客的华人要知道消息，就来坐一会儿，聊一会儿天，了解一下商品市场、行情，知道哪一条船要回福建、去马六甲、马尼拉等，要不要请人带一封信给那边的兄弟亲朋，诸如此类的，人来人往，消息交汇。

若是有同乡的人来泡茶，晚了，好客的主人就会留下客人，一起吃个便饭。日子久了，人情世故，他乡变故乡，就结成了兄弟般的情义。

流浪日本的中国人多是来讨生活的苦命人，他乡需要互相照应，有个地方抱团取暖，这是极正常的事。而海商、工艺人、海盗、无赖等，这些人都要有几分江湖豪强不畏死的精神，才能历尽海波，走出故国，漂泊异乡。特别是在这种商盗不分、西方列强竞相打劫的时代，海上如死亡竞技场，一个毫无国家武力支撑的华商，一切只有靠自己，说有多孤单就多孤单，说有多艰难就有多艰难。而颜思齐敢杀宦官的家仆，流亡异乡，自然有几分英雄气概，加上经营的裁缝布庄，人来人往，自是很快结交了各方来客成为一方聚集地。

在日本平户的十三年岁月里（约莫从 1611 至 1624 年），

颜思齐结交了各方好汉,结拜为兄弟,成为这一帮兄弟的老大。

也正是在颜思齐来到平户的十二年后,1623 年,郑芝龙也来到平户。

郑芝龙生于福建南安,一个在乱世中从中原迁徙到七闽的世家。传到郑芝龙父亲这一代,已经在南安居住数代,家道渐入小康。家族中人与其他闽南人一样,在海上讨生活。家族的叔伯辈已有几人葬身在前往南洋、越南的海上。郑芝龙在年轻时就追随父辈的脚步,前往澳门投靠舅舅黄程,学做贸易。此时的他,借着贸易之便,习得葡萄牙语或荷兰语。后来为了帮舅舅押货,搭上李旦的船,来到平户,以其曾在澳门经商学过的葡萄牙语,以及他善于沟通的才能,得到李旦的赏识,投入其门下。随后他结识了颜思齐。豪强的性格互相吸引,终于和其他二十几人结拜为兄弟,在平户成为一股势力。

李旦、颜思齐、郑芝龙,这三个和台湾命运紧紧相扣的人,在 17 世纪初,交汇在日本平户。

而长袖善舞的李旦早已开展了御朱印船贸易,并以台湾为中转站,成为在福建、日本之间最重要的贸易商。

17 世纪初,已有不少汉人在台湾定居,福建的渔船、商船会依季节风来这里捕鱼、交易。

依据日本学者岩生成一的统计,李旦和华宇等人拿到御朱印状，到台湾交易的船数，从 1617 到 1625 年，共计有十一艘。[11]

而英国商馆馆长柯克斯在 1618 年 7 月 12 日的日记则记录："据由长崎送来的李旦的书柬里说，由台湾进来长崎的戎克船赍了皮革和苏枋木，而这年因中国没有到货，所以生丝都没有舶载来了。"

这一封简短的信透露出，台湾的戎克船载来的皮革，就是台湾史上著名的鹿皮贸易。而"中国没有到货，所以生丝没有舶载来"，意味着中国大陆、日本的商人以台湾为交易站，中国载来生丝、瓷器等，而日本船再在台湾买鹿皮一起载回来。

为什么日本需要大量的鹿皮？这实在是一件有趣的事。这是由于战国、江户时代，武士总是决斗于战场，身穿一件鹿皮有加一层保护的作用，如果再配上丝绸的边，看起来更为华贵，就可以增加武士的地位和身价，因此在日本大受欢迎。

早在 16 世纪，日本就开始进口鹿皮。

那么，台湾的鹿皮是如何开始贸易？台湾为什么有如此多的鹿皮？

4. 原生态台湾

1603 年 1 月 9 日（农历还在万历三十年 12 月 8 日），跟随沈有容到台湾打倭寇的陈第（1541—1617），在回去以后，很开心地和朋友陈志斋聊到了眼见耳闻的东番，朋友鼓励他写下来，留作纪录。于是台湾有了第一篇像现场报道般的纪录。在一千四百多字的《东番记》里，台湾的住民、民俗、风物与贸易情况，都有涉猎。我们在第一章里稍稍谈过了交易的情况，现在不妨来看看陈第笔下台湾的人文生态环境：[12]

> 地暖，冬夏不衣。妇女结草裙，微蔽下体而已。无揖让拜跪礼。无历日、文字，计月圆为一月，十月为一年，久则忘之，故率不纪岁，艾耆老髦，问之，弗知也。交易，结绳以识，无水田，治畬种禾，山花开则耕，禾熟，拔其穗，粒米比中华稍长，且甘香。采苦草，杂米酿，间有佳者，豪饮能一斗。时燕会，则置大罍，团坐，各酌以竹筒，不设肴。乐起跳舞，口亦乌乌若歌曲。男子剪发，留数寸，披垂；女子则否。男子穿耳，女子断齿，以为饰也（女子年十五六，断去唇两旁二齿）。地多竹，大数拱，长十丈。伐竹构屋，茨以茅，广长数雉。族又共屋，一区稍大，曰公廨。少壮未娶者，曹居之。议事必于公廨，调发易也。

陈第来台湾的时候是冬天，应该相当冷。但他认为台湾土地暖和，住民冬夏都不穿衣服，女人只有在下体稍微遮一下而已。碰到人要表示礼貌，也没有揖让跪拜的习俗。而时间观念更为有趣，月圆一次算一个月，十次月圆算一年，算久了大家都忘了年月，反正也没人在乎。所以你问老人家今年几岁，没有人知道的。人们要交易，就结绳记事。以示纪录。

台湾没有水田，住民使用火烧荒地来种田。山花开的时候去耕种，稻禾成熟了就去拔下稻穗，米的形状比大陆的稍长，甘美又很香。如果再采上苦草，跟米一起酿酒，会喝的人可以豪饮一斗。宴会的时候就用一个大酒壶，大家围坐，各自酌酒在竹筒子里，也没有菜肴，边喝酒边跳舞。嘴里还会呜呜唱着歌（这段描写颇似现在阿美人的丰年祭）。

在住屋方面，台湾多竹子，大片竹丛要几人才能合围，长长的竹子十来丈，砍下来当房子的结构，再覆盖茅草，就宽广得有好几丈。族人共居的地方还有一个较大的公共空间，叫公廨，年轻人还未娶的，就一起住在这里，族里有事要调解，也到公廨来论事。

最有意思的是对人与大自然关系的描写：

当其耕时，不言不杀，男妇杂作山野，默默如也。道路以目，少者背立，长者过，不问答，即华人侮之，不怒。禾熟复初，谓不如是，则天不佑、神不福，将凶歉，不获有年也。女子健作；女常劳，男常逸。盗贼之禁严，有则戮于社。故夜门不闭；禾积场，无敢窃。器有床，无几案，席地坐。穀有大小豆、有胡麻、又有薏仁，食之已瘴疠；无麦。蔬有葱、有姜、有番薯、有蹲鸱，无他菜。果有椰、有毛柿、有佛手柑、有甘蔗。畜有猫、有狗、有豕、有鸡，无马、驴、牛、羊、鹅、鸭。兽有虎、有熊、有豹、有鹿。鸟有雉、有鸭、有鸠、有雀。山最宜鹿，儦儦俟俟，千百为群。

这时的台湾，野鹿在山林间，千百成群。东番住民又是如何狩猎呢？

人精用镖。镖，竹棅铁镞，长五尺有咫，铦甚。出入携自随，试鹿鹿毙，试虎虎毙。居常禁不许私捕鹿。冬，鹿群出，则约百十人即之，穷追既及，合围衷之，镖发命中，获若丘陵，社社无不饱鹿者。取其余肉，离而腊之；鹿舌、鹿鞭（鹿阳也）、鹿筋亦腊；鹿皮、角委积充栋。鹿子善扰驯之，与人相狎习。笃嗜鹿，剖其肠中新咽草将粪未粪者，名百草膏，旨食之，不餍，华人见，辄呕。食豕不食鸡，畜鸡任自生长，惟拔其尾饰旗；射雉，亦只拔其尾。见华人食鸡雉，辄呕。夫孰知正味乎？又恶在口有同嗜也？

"台湾满山遍野都是鹿"，这是许多文献在描写台湾时最常见的叙述。但没人知道为什么经过常年狩猎，台湾依然鹿群遍野。这一段描写恰恰好解开了人们的疑惑。原来，台湾的少数民族平时严禁狩猎，只有到冬天，狩猎的季节到了，才发动人群，几十人、上百人，上山敲锣打鼓，把鹿群合围，一起射杀。射得多的时候，可以堆得像小丘陵一般高。但过了狩猎时间，就全面禁止，所以小鹿也不知怕人，总是来骚乱家园，于是就只好把它驯养起来，可以跟人一起玩。

狩猎之后，每个番社都饱食鹿肉，吃不完的就做成腊肉，鹿舌、鹿鞭、鹿筋等也都做成腊肉，可以长久保存食用。而鹿皮、鹿角则堆满房子的角落。爱吃鹿的东番人还有一种特别嗜好：吃死鹿肠子里，已经消化一半，但还未排出来的青草，叫它"百草膏"，爱吃到百吃不厌的程度。汉人看了，在一旁狂吐。

东番人吃猪不吃鸡，任由鸡在山林间奔跑，他们只取鸡毛来当装饰。狩猎到山雉也不吃，只拔尾巴来装饰用。他们看到华人竟然吃鸡，也在一旁狂吐不已。

陈第看到距离大陆这么近的地方，竟然有如此奇特的岛屿和东番人，忍不住感叹道：

> 乃有不日不月，不官不长，裸体结绳之民，不亦异
> 乎？且其在海而不渔，杂居而不嬲，男女易位，居瘰共
> 处。穷年捕鹿，鹿亦不竭。合其诸岛，庶几中国一县。

相生相养，至今历日书契，无而不阙，抑何异也！南倭北虏，皆有文字，类鸟迹古篆，意其初有达人制之耶？而此独无，何也？然饱食嬉游，于于衎衎，又恶用达人为？其无怀、葛天之民乎？

作为一个文人，陈第感叹着东番人没有文字，没有书契，不知岁月几何，只和天地共生，与自然共存，大赞他们是葛天氏之民，过着无忧无虑的生活，可他也为他们未来的命运忧心。他说：

> 自通中国，颇有悦好，奸人又以滥恶之物欺之，彼亦渐悟，恐淳朴日散矣。万历壬寅冬，倭复据其岛，夷及商、渔交病。浯屿沈将军往剿，余适有观海之兴，与俱。倭破，收泊大员，夷目大弥勒辈率数十人叩谒，献鹿馈酒，喜为除害也。予亲睹其人与事，归语温陵陈志斋先生，谓不可无记，故掇其大略。

陈第用他的文笔，鲜活地呈现出一个原始朴质的岛屿居民的生活，那时，成群的野鹿嬉戏于海岛，住在海边的居民并不需要多费力，就足以获得生活所需的食物。然而，在大航海时代里，先是与汉人的渔民、商人交易，偶尔被骗，心中生出厌恶，却没办法，变得不再纯朴。随后万历年间，再有倭寇来，让原本的商人、渔民、在地住民都难以生存，所以沈有容来讨伐倭寇，还给人民一个安和的日子，大家都感激。东番大头目还特别带鹿肉和酒来感谢他们为民除害。

然而，谁也挽不回时代的巨浪，纯朴的世界，随着列强、倭寇、海商、海盗一个一个来临，把台湾当成征战场，平静的日子、美丽的鹿群、纯朴善良的民风，一点一滴消失了。

处于福建、日本通往南洋的航路上，台湾无法逃避大时代的冲击。因此，当明朝禁止日本商人进入月港交易，也禁止中国海商与日本交易，民间利之所趋，若非违反禁令，赴日交易，也就只有在第三地，找一个表面上合法的地方交易。用现代名词讲，叫转口贸易。在这种情形下，台湾处于福建、浙江与日本之间，又是越南、爪哇、菲律宾到日本的航路必经之地，在这里交易，对大家都方便。所以，丰臣秀吉有意占领台湾，派人出发探查，然遇上台风而大败。德川家康不做此想，便任由商人来台湾贸易。

1583 年，葡萄牙人曾有一艘戎克船原本打算赴日，却三次被暴风袭打，飘到台湾。一个耶稣会士留下记录说："我们有的用板，有的涉水离开船，有的溺死了。这个大戎克船化成碎片，装载的货物散逸，在岛的沿岸腐朽了。不久，裸体的土人带了弓箭出现，没有发一句话，也没有伤一个人，以非常的大胆和决心，进来我们里头，全部夺取了我们抢救回来的商货。以后，我们晒干了身体，为了自卫而武装自己，可是到了夜间，土人还是频繁来访，有几个人被他们用箭射杀，也有几个人受伤。最后我们用破船的碎片，再造一条小船，准备逃生。……"[13]

他们花了三个多月造了一条船，经过七八天航行，终于到达澳门。这是稍早一点的记载，可惜不知道他们到达的是什么地方。

然而在台湾北部，汉人交易早已形成。张燮在《东西洋考》谈到台湾北部淡水、鸡笼（基隆）的交易时说，"夷人至舟，无长幼，皆索微赠，淡水人贫，然售易平直；鸡笼人差富而悭，每携货易物，次日必来言售价不准，索物补偿，后日复至，欲以原物还之，则言物已杂不肯受也，必选捐少许，以塞所请，否则喧哗不肯归。"

这些说明当时的交易虽然是以物易物，但已经进入常态性的交易，以至于汉人对淡水与鸡笼的住民有不同的评价。淡水人虽然比较穷，但正直，交易算数；而鸡笼人虽然比较有钱，但小气且交易过程反复，很爱讨价还价。

《东西洋考》所说："忽中国渔者从魍港飘至，遂往以为常。"即是在说明，大陆渔船往来台湾南北两端，商贸活动习以为常了。

1624 年 2 月 16 日，《巴达维亚城日志》曾记载："从中国人受米及盐的供给。……鹿很多，他们射之，弄干了其肉和皮，中国人廉价的买收，或以物交换。他们不知道金钱。

该社男子所居住的地方，就有一、二、三名的，有时候五六名的中国人同居。"[14]

由于交易量的增加，一些靠近海边的各社都有中国人居住，以收取货物，以物易物。其中自然以福建人最多，以至于如今多处地方的名字，都是闽南语音的转译。而在中国人的文化里，虽然没有鹿皮为盔甲的习俗，但鹿茸、鹿鞭都是贵重的中药材。将收购的鹿皮售给日本，将鹿茸、鹿鞭带回大陆出售，仍是利益的所在。

至于李旦的生意，从1617到1625年，李旦和华宇从平户、长崎总共派出过十一艘船。

据岩生成一的统计，李旦船从长崎、平户出发，至台湾交易，再归来的具体日期是：

李旦船（一艘）——1617年7月7日（归）

华宇船（一艘）——1617年（发）

李旦船（三艘）——1618年5月5日（发）

——1618年7月27日（归）

李旦船（三艘）——1621年3月18日（发）

李旦船（一艘）——1622年7月15日（归）

李旦船（一艘）——1623年4月22日（高砂着）

——1623年7月24日（高砂发）

李旦船（一艘）——1624年1月3日（发）

——1625年7月17日（归）

这些记录证明李旦在日本的政商关系何等绵密，才能在

八年内有十一艘御朱印船到台湾贸易。而台湾则已成为他的
贸易版图上的一个转口港。

因为台湾已成为转口交易的第三地，所以 1622 年，荷
兰舰队司令雷尔生（Cornelis Reijersen）曾亲自来台湾探查，
他在 7 月 30 日的日记中对大员港有如下的叙述："这港是日
本人每年以二三只戎克船来贸易之地，据中国人所说，这个
地方鹿皮很多，日本人由土人收买；而每年由中国会开来三
四只戎克船，载着绸缎，和日本人交易。我们没看见什么
人，只看见一只渔船。"[15]

1623 年，荷兰东印度公司商务员亚当斯·哈维托也亲眼
看见日中两国商人在大员进行数量不小的交易活动。随着贸
易活动而来到台湾的日本人中一部分还在台湾搭建了临时建
筑物。

1623 年，雷尔生从澎湖派遣三只戎克船到台湾观察贸易
情况。他们看到，四月中旬，中国开来了四只戎克船，下
旬，日本船也来了。双方交易了预付款额的货物，荷兰人也
趁机买了一些生丝和砂糖。《巴达维亚城日志》记载着：
"大员湾连年有数只的日本船入埠，购进在该地可得的相当
量的鹿皮，以及中国商人带来的，从漳州、南京及其他中国
北沿海各地方所产的生丝、绸缎等，所购进的货物运回日本
出售，习以为常。今年，来大员的日本船只有一只，而且很
迟，原因可能因来大员的中国贸易船变少，另一个可能是，
有四十只小船从中国北沿海开到日本……"

5. 荷兰人的到来

在台湾历史的舞台上，不能不谈荷兰。

荷兰虽然比葡萄牙、西班牙来得更晚，但为争逐利益，手段却更凶狠。在东亚海域，它展现强大的企图心。不仅做生意，还抢劫，侵略，最后殖民我国台湾。透过荷兰的东来过程，我们也可看清楚各殖民帝国如何交错作战，彼此打劫，合纵连横。

荷兰东印度公司成立于 1602 年，资本额 650 万荷盾，虽然比英国东印度公司成立于 1600 年慢了两年，但比起后者资本额只有 3 万英镑，显然资本更为雄厚，且非常会赚钱，刚成立的十年之内，只发了一次红利，但数额是股本的 162%。

荷兰东印度公司成立的时候，荷兰还在和西班牙打独立战争（至 1648 年结束），所以是由全国议会立案设立的。全国议会赋予它在武力能克服的地区，可以执行国家最高权力的任命。这项立法让公司的海外执行者拥有武力，甚至殖民权力，等于是帝国殖民地的开拓者。

正因为如此，荷兰东印度公司的海船也特别强大。

在研究过程中，我曾对当年郑芝龙如何以火船对战荷兰战船的战史特别感兴趣，所以特地到阿姆斯特丹去参观。对比之下，才真正了解当年的战争有多惨烈，而荷兰为何成为海上霸权。

现今，荷兰阿姆斯特丹的海事博物馆中，有一艘依照17世纪荷兰造船公司所留下的造船图所重建的大船。其船体之大，坚固的程度，船上配备的大炮，依旧让人惊讶。由于荷兰战船在17世纪是非常有名的，其战力超过葡萄牙、西班牙、英国等，因此值得特别介绍。

该船前后长约50米，从船舱底部到桅杆最高处，高度约50米，宽约11.5米。船首以较坚固的木材为主，从舱底算起，高度约20米，呈方形，宽约5米。这巨大的体量，一旦遇上高度比它低2/3，体量小2/3的中国风帆船，根本不必开炮，直接撞上去。用当时的描述是中国风帆船整个被撞碎，"被压入海底"。所以中国风帆船很难正面作战。

而荷兰战船的两侧还有两层的大炮。每一层约有十门大炮，遇上作战时，炮孔打开，立即发射。上下两层恰可面对不同高度的船作战。

这样的战斗配备，这样强大的船体结构，整个就是为了海战而造，连西班牙都很难对付，更何况中式的同安船、福建船。要知道，17世纪的中国风帆船还未有两侧炮战的窗口配备，只在甲板上装备大炮，从甲板发射，因此根本不是对手。

也有人说，中国的造船技术本来并不差，郑和下西洋不是造了可以坐数千人的大船吗？为什么中国船就打不过荷兰？

此说实在是不了解战船与商船的差别。要知道商船只要载货，沿海岸线航行，功能是商业活动，没有作战能力。但荷兰战船却是要走过大西洋、印度洋而来，整个配备就是战船兼商船。这正与商船不同于战舰的道理是一样的。

先了解这个"物质基础"，就会更清楚历史为何会如此发展。

荷兰之前，葡萄牙人首先进入东方，可是葡萄牙只有控制着印度到红海之间的水道，印度洋运来的香料都落入他们手中。荷兰人则干脆摆脱中间人，直接到产地找货源。他们舍弃亚洲大陆，进入印度尼西亚那些生产香料的群岛。其控制办法非常简单残酷：凡是出产香料的岛屿，就用武力占领；不能占领的，或者产量比较少的地方，就将作物破坏，甚至把岛上的人口杀戮迁徙。

如此粗暴的控制得有武力和资本支撑，所以荷兰东印度公司资本雄厚，每三四年就投入五十艘配备火炮、战斗性能良好的商船，进入亚洲。以其强大的火力，往往将作战对方封锁困住，或者直接开火，甚至俘虏对方，将商船直接据为己有，整条船带回欧洲拍卖。1603年轰动一时的圣卡塔莉娜号劫船案，就是最有名的案例。[16]

劫掠使得荷兰的商人迅速获利，所以1621年又成立了西印度公司，专做美洲生意。当时荷兰与西班牙的停战协议已经失效，西印度公司就在美洲一带拦截西班牙、葡萄牙的越洋贸易船。该公司从 1623 到 1636 年的十多年间，制造了八百多艘船，可是同时期却拦截了五百四十艘船，船货的价格早已两倍于造船的资本。更夸张的是，1628 年，西印度公司曾经截获西班牙船，船上的白银总值 800 万荷盾。劫掠的利润太大，使得荷兰成为海上的强盗，也以残酷的手段统治海外殖民地。

荷兰来到东方较慢，始于 1601 年范聂克率领两条船抵达澳门，要求与中国通商。被中国驻澳门的税使李道召进城，住了一个多月，但要求见皇帝却毫无结果。偏偏葡萄牙人又来驱赶他们的船，于是悻悻然离去。1601 年刻行的《粤剑篇》记载："辛丑九月间，有二夷舟至香山澳（即澳门），通事者也不知何国人，人呼之为红毛鬼，其人须发皆赤，目睛圆，长丈许，其舟甚巨，外以铜叶裹之，入水二丈，香山澳夷（指葡萄牙人）虑其互市以争澳，以兵逐之，其舟移入大洋后为飓风飘去，不知所适。"[17]

这是中国人对荷兰人的第一印象：红头发，红胡子，大眼睛，高一丈多。"红毛鬼"，广东人习惯称外国人为"鬼佬"，"红毛鬼"显然是广东人的说法。福建人则习惯称"番"，所以荷兰人在福建被称为"红毛番"。

东印度公司成立以后，1602 年 6 月，韦麻郎率领船队从荷兰出发，来年到达澳门，可是一样碰到葡萄牙人的反击，败回了暹罗。在这里，他们碰到漳州海澄人李锦和潘秀，他们出主意说，可以先进驻澎湖，好就近跟中国做生意，再去买通福建的税珰宦官高寀，便可以和中国通商了。韦麻郎依计行事，1604年6月果然到达澎湖。韦麻郎到的时候正好不是明朝海军防守的季节，于是如入无人之境般的，直接就占领了。

李锦在福建帮荷兰人把巨额的贿赂送给了高寀，买通了人事，但明朝内部对荷兰开放通商与否，争执难决。最后还是决定由福建总兵施德政和漳州浯屿把总沈有容负责驱逐荷兰人。沈有容是一个有谋略的人，他在前一年已经打过台湾的海盗，手下有一批善战的海军，于是把几十艘水师开到澎湖之外，将荷兰船包围，再进去和韦麻郎谈判。韦麻郎看情势不对，识时务为俊杰，决定先撤退。这一次荷兰占领澎湖总计一百三十一天。

荷兰把总部设在巴达维亚，但是他们对亚洲的贸易野心不小，所以也在日本开设商馆。1619年，荷兰和英国为了垄断日本贸易，决定成立联合舰队，各派五艘船，以平户为基地，巡航于台湾海峡与菲律宾之间，试图阻断葡萄牙人和西班牙人的船只前往日本，同时也要阻止中国船前往马尼拉，想堵死西班牙人的丝绸、瓷器货源。

西班牙船在海外遭遇拦截，知道这个诡计，为了突破，有人主张在台湾建立基地。可是此计被荷兰获悉后，1622

年，巴达维亚东印度公司总督科恩下令雷尔生船长组成舰队，从马尼拉出发，攻占澳门，不然占领澎湖，并到台湾寻找良港。

澳门之战打得很惨烈。雷尔生率领十六艘船只（其中有两艘是英国的），一千三百多名士兵，开赴澳门。他亲自率六百名士兵上岸，展开攻击。想不到葡萄牙人大炮凶猛，打得荷兰人一败涂地。一百三十六人被杀，一百二十四人受伤，四十人被俘，其余的勉强逃回船上。

一个在荷兰部队中当雇佣兵的艾利·利邦（Elie Ripon）上尉后来留下日记。[18]日记里有非常鲜活的记载：

> 这个月 24 日，我们发号进攻，成功夺得壕沟和炮台，但是死伤惨重。炮台就在海边，刚一抵达，指挥官雷尔生的额头就被炮弹碎片击穿，说不出话来，被带回船上。瑞凡上尉以为胜利夺取壕沟，就会取得全胜，他看到士兵开了无数枪之后，松懈下来，却没有让他们稍事休息，重新振作，并补充弹药，只想立刻追击。但敌人撤退，其实是要引诱我们进攻，其他人看到这个情景，都退到船上去，而我看到这个悲剧，想起瑞凡的话——他曾经在他自己连队士兵面前说："我将你们领向敌人，但魔鬼将带你们回来。"
>
> ……就在我们补给弹药的同时，敌人全力反扑，因为在陆上作战，他们炮火猛烈，持续攻击了三四个小

时，敌人发现他们没有占上风，便带领两三百个已喝酒
壮胆的奴隶，发给他们刀、茅和各种武器。首领骑在马
上，手中握着大刀，在队伍后面驱赶奴隶，把他们赶向
我们，跟我们作战。战况非常惨烈，一片混乱，地面为
之震动。我完全没有看到火枪或其他武器，只见他们没
命似的朝我们蜂拥而来，如野兽一般，死伤无数。弹药
补给终于到了，士兵想去取用，来了一个爪哇人，慌慌
张张想拿，却点燃了火药，被炸飞出。敌人见状，认定
我们的士兵已无弹药，更加勇气百倍，冲向瑞凡的连
队，杀个片甲不留，只剩八九个人，和来自梅克伦堡的
掌旗官德瑞克·史塔兰德，还有我。……

这一场败仗让荷兰舰队灰头土脸。两艘英国船开回平
户，留下三艘监视澳门葡萄牙动向，雷尔生带了七艘船直抵
澎湖，依计划在那里建堡垒。到了十二月，堡垒建好，一切
都安顿了，他们再度派人赴漳州去。想谈判开放贸易。但漳
州官员不当一回事。

澎湖是一些小岛组成的群岛，只有海产，没有生活所需
要的肉类食品，所以荷兰人就以厦门、漳州、福建海边乡
镇，当作他们劫掠生活物资的地方。打劫后一律杀光烧光。

利邦上尉在日记中写道：

把堡垒安顿好之后，指挥官雷尔生、谢林上尉和我

又随舰队回到中国沿海，将我们在沿岸所见，一切全部烧光、杀光，从广东省到漳州省，甚至位于福州府的舟山岛，海上陆地，无一幸免。这样历时两年半，毁了他们很多村庄、堡垒和大量的船，包括他们口中的帆船。

荷兰人把澎湖当成他们出海劫掠的基地，让马尼拉与漳州月港的商船饱受袭击。而荷兰人却洋洋得意。利邦上尉的日记里这样写着：

这个月（1623年6月）十四日，从菲律宾马尼拉返航的"泽塞斯号"和"熊号"到了港口，掳掠了三艘中国帆船，船上载满各种物品，有丝，也有黄金、陶瓷及各种丝织品，我们一定追赶敌人，也总是能逮住不少人，有时远超过我们想要的人数，那送他们去喂鱼。

所谓超过人数是什么意思呢？这些从海上来的船商、船员、船工、小贩等，都被抓去当成建堡垒、造船、建屋的奴工，他们常常饥饿而死，死了就再抓另一批人。建完城堡，就把多余的几百华人送去巴达维亚当奴隶卖掉。这就是为什么有人形容荷兰阿姆斯特丹的繁华，是靠殖民地人民的血汗筑成的帝国。这说法，形诸利邦上尉日记，一点也不冤枉。

6月荷兰抢劫到生丝，7月就开航去日本出售。利邦上尉说，生丝在日本大受欢迎，供不应求。日本人用来织成华丽的绸缎，再缝制成和服。荷兰靠着打劫做无本生意。

　　荷兰东印度公司在中国沿海的烧杀劫掠，招致民怨高涨，以前倭寇可恨，还不至于到处抓人去当奴隶，如今红毛番更过分。他们频频向官方反应，最后派来一个敢于对抗的南居益担任福建巡抚。南居益不同于前任商周祚的主和，他一开始就准备开战，痛击荷兰人。而漳州、厦门一带的民间力量，为了正常商业活动，也为了民众进出平安，全部团结起来，配合官府，调集擅长水师的人，必以报仇为己任。

　　与此同时，荷印公司也由巴达维亚派出由五艘船组成的增援舰队，由法兰斯尊（Christian Franzoon）率领，来到澎湖。1623 年 9 月底，南居益为了阻断荷兰的商业活动，下令福建沿海实施戒严，让荷兰没有生意可做，缺乏粮食补给。对立态势立即升高。

　　战鼓擂动之际，澎湖司令雷尔生先出手了。他下令法兰斯尊率领五艘舰队去占领漳州河，也就是月港所在的九龙江出海口，阻止任何中国船去马尼拉经商，同时要迫使中国同意荷兰自由贸易的权利。雷尔生的命令写道："如果中国拒绝答应这些条件，就从海陆两面对中国开战。"

　　这是断绝月港的生路，也是全面开战。南居益倒是沉着，一面提高警觉，一面找人打探军情。

　　法兰斯尊的舰队开到漳州月港外，兵临城下，打算先礼后兵，把开放贸易的话传过去，不行就打。他透过中间商人的引荐，和一位号称很受敬重的"隐士"高人斡旋，发出要求通商的通牒。

南居益决定将计就计，以开放贸易必须详谈为由，请法兰斯尊到厦门鼓浪屿会商。法兰斯尊带了两艘船赴会，并获邀上岸，去和官方签署协议。南居益请人在府衙设宴款待，等到他们全部入了座，军队一拥而上，将法兰斯尊一行三十人全部逮捕。事情没完，中国军官则带着毒酒到船上，要送给荷兰将士喝，可惜被识破。

到了半夜，明军突然以五十艘火船，包围荷兰船，发动突击。这是一种以小搏大的战法。荷兰船即前述的克拉克船，船型高大，船两边配备有好几门大炮，可以横向对包围而来的船开炮。它的体型比一般中国戎克船大了两三倍，戎克船根本不是对手。所幸这时的船坚炮利终究还是木头做的，重厚的船板上面虽然涂了沥青以防水，但还是有下手攻击的弱点。木头就是它的罩门。

这"火船"是一种特殊构造的小船，在百吨大船之前，它简直像蚂蚁，所以大船两旁的大炮也不容易打到它。小船由一个人（或两三人）操作，船前方放着一堆火药，引信准备好，等船开到荷兰大船旁边，直接冲上去，以带绳子的长矛插入大船，长矛有倒钩，一旦刺入就不容易拉出，船员就将长矛的绳子紧紧绑在船头，点火烧引信。船员此时要赶紧跳船，到旁边的一个陶缸内逃逸。而钩住大船的火船继续燃烧。

荷兰大船的船体木头很厚，一艘火船当然不够，再加上靠近时一旦被击中就会自己先引燃，所以会派出几十艘火船，集体包围大船，让火船从几个方向接连引爆。如果引爆到大船的要害，舱底一旦有破洞，继续再攻，火势延烧到火药库。我们都知道，荷兰船舱两边既然配备了大炮，底下自然有炮弹，此时炮弹若因火势而随之爆炸，整条船，就从底部整个炸开了。

这就是明军要派出五十艘火船的原因。

荷兰人未曾见过这种打法，加之半夜突击，措手不及，火船接连燃烧，将鼓浪屿的海面烧得透红。荷兰停在鼓浪屿的两艘船，一艘被火烧毁，一艘着火后被扑灭逃走。利邦上尉就是在这一艘逃走的船上，他事后直呼"我们以为会被烧死，因为'熊号'已经起火，可能被烧毁。但靠着上帝的恩典，火熄灭了，而且没有大碍。"利邦上尉幸运逃过了一死。

这一战，荷兰被生擒五十二人，被杀八人。法兰斯尊被送往北京，最后斩首于西市。

南居益没有停手，乘胜追击。1624年，农历正月初二，就在民间还处于农历春节的欢庆之际，南居益的手下王梦熊已经发动进袭，从澎湖的最北端吉贝上岸，再突击向东。他一路以石块筑城，一步一步压缩包围圈。

到了6月，南居益派出征讨倭寇大将俞大猷的儿子俞咨皋率领的第三梯次军队，抵达娘妈宫，将炮火对准荷兰人，形成了三面包围的态势。荷兰人只能退守风柜城，并紧急向巴达维亚求救，要求退出澎湖。

巴达维亚总部派宋克来的时候，已经是 8 月 1 日。这时聚集在白沙岛的明朝军队已经有四千人，船只一百五十艘。等到 8 月中旬，明军已增兵到一万人，船只两百艘。宋克只能派人求见俞咨皋，要求谈判。

就在这战局紧绷的时刻，平户大商人李旦应明军之邀，出现在澎湖风柜城。

李旦的生意与台湾的渊源如此之深，他的船队也远比其他商船更频繁地来台交易，所以当荷兰进占澎湖，而可能爆发中荷战争的时候，对他的生意影响就大了。

他当然不希望在澎湖、台湾、福建、日本之间发生战争，战争胜负在其次，而战争的后果，必然是互相抵制，贸易难以进行。如果荷兰占有澎湖，使得台湾对福建的贸易受损，他将难以取得福建的生丝与绸缎，同样的，他的鹿皮、鹿茸、鹿鞭也无法出售到福建。这是他的损失。

因此当福建官方希望他出面调停时，他便来到了澎湖，扮演起调停者的角色。

事实上，李旦也有他不得已的苦衷。在此之前，他在泉州的心腹大将许心素的儿子被官方拘捕，扣留当人质。官方要求许心素去劝李旦，为朝廷所用，俞咨皋希望他能够离间日本人跟荷兰的关系，让日本人不要去澎湖交易。日本人不去澎湖交易，荷兰人对华、对日的贸易都做不成，自然会知难而退。

在战云紧绷的当下，李旦来到澎湖。他手上握有的筹码是明朝给他的条件：请荷兰离开澎湖，转往台湾，朝廷就会准许荷兰与中国贸易，否则就开打。

8月15日，明军已经完成三路进攻的准备。此时李旦奉命去劝说荷兰人。

1624年8月18日，宋克在巴达维亚的大评议会上，想说服总部从澎湖撤退，转进大员的理由时，如是说："再要考虑中国人已经在大员，跟日本人兴旺地开始贸易。我们如果在那里定居，就可以防止这个。如果没有这样做，就像故 Camps 先生（原荷兰驻平户商馆馆长）所说过的，在日本的生丝贸易，我们所期待的利益终究要丧失了。"

宋克的观点倒是清楚的，荷兰想做的是生丝的转口贸易，如果日本人在台湾完成交易，那荷兰就没有转手的利益可言了。

荷兰是用跨国公司的眼光在看待台湾的。这里是一个适合转口贸易的宝地。

正是这一天，巴达维亚大评议决定从澎湖撤退，转到台湾。随即与俞咨皋签订协议，在二十天内撤退。总计荷兰在澎湖占领了两年又一个半月。

交涉事宜告一个段落之后，荷兰开始清理澎湖基地，8月27日，郑芝龙和日本妻子田川氏所生的儿子出生了。郑芝龙帮他取名郑森。传说，郑成功的母亲在海边捡贝壳的时候，开始阵痛，扶着海边一块大石而生下了他。至今平户千里滨海滩上，仍留有一块传说中的"郑成功儿诞石"。

这一年，郑芝龙曾短期担任雷尔生的翻译。到了1624年底，雷尔生离开台湾，大约他的翻译工作也结束了。他后来代表颜思齐，率领二三十艘船，和荷兰配合，挂着荷兰的旗子，在海上打劫西班牙与漳州之间的贸易船。但他志不止于此，不断壮大阵容，收容福建的穷人、游民，强大到官方都不能不正视他而加以招抚。

谁都未曾想到，三十八年后，郑芝龙所生的这个儿子竟是把台湾从荷兰人手中收复的人。

然而在当时的台湾，李旦不是只听从明朝的安排，他有自己的布局。李旦的合作伙伴——颜思齐已先进驻台湾。

对李旦来说，台湾是一个重要的根据地，贸易的中转站，如果被荷兰人占据，独占了中转利益，对他是不利的。所以在荷兰人来到台湾之前，颜思齐作为先遣部队抵达魍港，建立据点，就不是一个偶然的行动，而是一个长远的战略布局。

注释：

［1］陈国栋著：《马尼拉大屠杀与李旦出走日本的一个推测（1603—1607）》，《台湾文献》，2009年。

［2］排橹船（galley），又称"桨帆船"，是欧洲地中海古老的船种，以人力划船来作为主要动力，能够只划桨前进，通常也用桅杆和帆作为次要的动力。排橹船通常使用在战争与贸易中。

［3］岩生成一著：《明末侨寓日本支那人甲必丹李旦考》（许贤瑶

译），《台北文献》128 期，1999 年。

[4] 同注 [1]。

[5] 上田信著：《海与帝国：明清时代》，叶韦村译，台湾商务印书馆，2017 年版。

[6] 同上。

[7] 陈小冲：《十七世纪的御朱印船贸易与台湾》，《台湾研究集刊》第二期，2004 年。

[8] 同上。

[9] 岩生成一著：《明末侨寓日本支那人甲必丹李旦考》，许贤瑶译，《台北文献》128 期，1999 年。

[10] 李硕珞著：《李旦与颜思齐之研究》，政治大学台湾史研究所硕士论文，2017。

[11] 曹永和著：《近世台湾鹿皮贸易考》，2011 年 9 月，台北，曹永和文教基金会出版。

[12] 陈第著，《东番记》。

[13] 同注 [11]。

[14] 同注 [11]。

[15] 同注 [11]。

[16] 黄仁宇著：《资本主义与 21 世纪》，联经出版社，1992 年版。

[17] 汤锦台著：《大航海时代的台湾》，如果出版社，2011 年版。

[18] 艾利、利邦（Elie Ripon）著：《利邦上尉东印度航海历险记：一位佣兵的日志 1617—1627》，赖慧芸翻译，财团法人曹永和文教基金会出版，2012 年版。

1624，风云交汇台湾

颜思齐受荷兰之邀，决定派出人马，合伙去海上打劫。他或许并不热衷，因此荷兰人认为他不是一个"成功的海盗"，而只是由众兄弟推举出来的头领人物。或许雄健好武艺的他更喜欢台湾的原生态环境。漫山遍野的鹿群，在山林中漫游的牛群，色泽鲜艳的野鸡，狂暴易怒的山猪，这些野性的呼唤，带给他更大的快感。

狩猎完一起大口吃肉，大碗喝酒，更是人生的一大快事。

1. 大时代的变局

颜思齐入台的故事充满传奇。

从新闻的五个 W 和一个 H 来看：何时（when）、何事（what）、何因（why）、何处（where）、何人（who），以及如何（how），都充满谜团般的故事。

故事慢慢来说。

颜思齐何时入台开垦，中国历史纪录存在一些分歧。从最早的万历年间（1620 年之前）、天启元年（1621）、天启四年（1624），到天启五年（1625），都有记载。

最早的文献说法是万历年间，也就是 1620 年之前。《续修台湾府志》与《续修台湾县志》都如此主张。但这二书，前者成书于乾隆三十九年（1774），后者成书于嘉庆十二年（1807），时间都较晚，免不了引用前书与传说，且前后引文之间，年代有时互相矛盾，不知依何为据。因此我们不妨回到成书年代较为接近的纪录，或许可以找到一些较合理的证据。

颜思齐名字最早载诸文献者，为河南道御史苏琰，于明崇祯元年（1628）6 月 21 日上疏《为臣乡抚寇情形并陈善后管见事》："今听抚海寇郑芝龙者，泉州府南安县石井巡司人也，先年下海，入海寇颜振泉伙中。乙丑年颜死，芝龙遂领其众，尚未强也。"

最为接近颜思齐活动年代的 17 世纪 20 年代的中国史书，当是清康熙三十五年（1696）高拱乾著《台湾府志》卷一："道乾既遁，澎之驻师亦罢，天启元年，思齐为东洋国甲螺（东洋即今日本，甲螺者即汉人所谓头目是也。彝人立汉人为甲螺，以管汉人），引倭屯聚于台，郑芝龙附之，始有居民。"

其意是说，海盗林道乾既然从澎湖逃走，驻在澎湖的水师也就撤退了。天启元年（1621）颜思齐当了东洋国的甲螺，东洋就是现在的日本，日本人叫他当甲螺是为了让他负责管汉人，就是当汉人头目之意。他带了倭寇屯聚台湾，郑芝龙来依附，台湾开始有了居民。

明末张燮《东西洋考》一书，东洋指的是南海东部的诸岛（如吕宋、苏禄、猫里务、沙瑶、呐哔啴、美洛居、文莱、日本等），其他靠欧亚大陆的地域叫西洋（如占城、暹罗、下港、柬埔寨、大泥、旧港、马六甲等）。但"甲螺"一词有各种语源与解释，学者各执一词，有说出自西班牙语（Alcalde），亦有出自日本语者，更有出自闽南语的，此处姑且不论，不过可以确定的是：它意指作为头目、领导者的尊称。甲螺也不是只有颜思齐一人，而是有许多人都曾被称为甲螺。

此外，周钟瑄《诸罗县志》（清康熙五十六年，1717 年刊行）卷一："天启元年，颜思齐、郑芝龙引倭据其地，崇祯间，假于荷兰。"意即 1621 年，颜思齐、郑芝龙即据有台湾，只是在崇祯年间，被荷兰所占据。

这二者都主张是 1621 年入台的。

当然也有主张天启五年（1625）入台者，如《重修凤山县志》《续修台湾县志》《彰化县志》等。

这些历史记载，年份不一。但从颜思齐曾为李旦经商的合伙人，而李旦在 1617 年起，即取得日本的御朱印状，可以合法在海外经商,台湾即为其平户与福建做转口贸易的港口,因此,颜思齐在 1621 年,带领商船团队,来台湾建立贸易基地,乃是合理的经营需要。

有关颜思齐、郑芝龙故事最详细的记载,却不是来自历史方志,而是一个康熙五十二年(1713)恩科解元福建人江日昇。

江日昇的父亲叫江美鳌,曾在郑芝龙手下大将郑彩的麾下工作,奉郑彩之令,他曾护送唐王朱聿键入闽,唐王随后称帝,年号隆武。后来郑彩随郑成功攻打海澄,未成。几年后因战败,郑彩将兵权交出来给郑成功,自己退隐;江美鳌则转到郑军阵营。三藩起事时,郑经攻打广东惠州,江美鳌曾出任连平知州,后来战败降清。江美鳌的阅历丰富,目睹郑氏三代的海上霸业与陆上抗清,身在历史现场,目睹时局世变,心中感时伤怀,就把故事感想说与儿子听。江日昇从小耳闻父亲谈论郑芝龙、郑成功家族事迹,舍不得历史湮没无闻,遂以说故事的方式,写下他父亲亲历的证言,想供后来修史者参考。[1]

可惜的是,《台湾外记》的写作形式是章回小说体,一回一回说故事。这就让历史学家很困扰,不知道该相信它,还是该彻底否定。再加上他增添许多人物的对话,颜思齐二十八兄弟的结拜,对应着二十八星宿,也有点像《水浒传》一百零八条好汉,带有传奇色彩,这种写作方式,难免让历史学者存疑，视之为小说而非历史书。

此书的主角是郑芝龙、郑成功、郑经三代人的故事。开头第一章便是郑芝龙如何遇见颜思齐、在日本乱世崛起的首部曲。因此有意从最紧张的颜思齐众兄弟的结拜与起事写起，刻画了郑芝龙的机警谨慎，救了颜思齐，再结合郑成功诞生的奇迹现象，合写一起，配合事败后的海上流亡，故事一气呵成，特别紧凑。这确是江日昇的写作功力。

可是另一方面，对照有关历史纪录，尤其荷兰当年的纪录来看，却有不少若合符节的成分。因此，我们不能以它是小说体而忘了江日昇的身世与历史知识，乃是传承自他父亲之为"亲历者证言"的可信度，它使得《台湾外记》就某些时代背景、历史事件、人物身世等，有着相当细致的记录。而在细节的描写上，特别是当时的航海文化、日本港口、中国人在日本之处境与变迁、航海人的兄弟结义等，刻画得非常生动。故而此书虽然被视为小说，却往往为史家在著作开台史之际，无法不加以引用。这正是它微妙的地方。

因此，我们不妨以江日昇《台湾外记》的颜思齐文本为基础，先阅读其故事，再印证荷兰档案馆所留下的史料，逐一找出可印证的部分，互相比对，在虚构与真实之间，或可得到一些厘清。这将有助于我们了解颜思齐。

为了便于阅读，我将此段原文加以保留，以供读者印证。文中之小字是江日昇所写的批注，括号内"作者注"的部分则为作者所加，可一并参考。

2.《台湾外记》节选

天启元年（1621）辛酉，一官年十八，性情荡逸，不喜读书；有膂力，好拳棒。潜往粤东香山澳寻母舅黄程。程见虽喜，但责其"当此年富，正宜潜心。无故远游，擅离父母。"一官诡答以"思慕甚殷，特候起居，非敢浪游。"程留之。

至天启三年癸亥夏五月，程有白糖、奇楠、麝香、鹿皮欲附李旭（作者注：即是李旦，也曾名为李习）船往日本，遣一官押去。然前日本与今不同：今之日本，凡船只到港，人都入在班中拘束，不许四处散歇。交易只许六十万两，各船匀摊，数足将余货发还，给水米蔬菜驾回。昔之日本，最敬唐人（凡各洋悉唐朝与通，故称中国人曰唐人），船一到岸，只有值日库街搬公司货物（公司乃船主的货物洋船通称），其余搭客暨船中头目、伙计、货物悉散接居住，转为交易。

妇人虽跣足蓬头而姿色羞花，宛如仙女。且头发日日梳洗，熏以奇楠，不似中国抹以香油也。客至其家，最敬者或茶或酒，杯盏必擦以头发，然后斟而送客，余咏有"奇楠气味生余沥，芗泽尝黏齿颊芬"之句。所以抵日本者，即沾泥柳絮亦欲逐春风而往，况一官正在方刚之年乎？亦是天数该然，赤绳系足。本街有倭妇翁氏（倭，日本别号），年十七，天娇绝俗，美丽非常。见一官魁梧奇伟，彼此神契；第不得即为双栖并一耳。一官遂聘之。合卺后隔冬住下（凡洋船乘南风而去，东北风而回，而未回者即曰隔冬）。

天启四年甲子六月，有福建漳州府海澄县人，姓颜名思齐，字振泉，年三十六，身体雄健，武艺精熟。因宦家欺凌，挥拳毙其仆。逃日本，裁缝为生。居有年，积蓄颇裕，疏财仗义，遐迩知名。

是岁唐船贩日本者甚多。思齐与大赤般财副（赤般船名，财副管理一船货物）杨天生、陈德（字衷纪，海澄人，猛悍迈众）、张弘（一作"宏"）交称最好。天生字人英，年三十，泉州晋江人也，算法精敏，最熟大刀；且言语便捷，桀黠多智。朝夕盘桓，遂成水乳。

一日偶共饮微酣，思齐叹曰："人生如朝露耳，若不能扬眉吐气，虚度岁月，羞作肮脏丈夫！"

天生曰："舜何人也，予何人也，有志者亦若是。长兄有此雄略，何愁久困。以余度之，此地可图。"

思齐叹曰："吾亦有心久矣，其奈力微何？"

天生曰："先以得人为要。弟当凭三寸不烂舌，鼓动各船之杰者尊拜我兄为盟主，然后徐徐说之，则事可成矣。"（中略）

天生等回，于途遇郑一官与何锦，天生招之。一官举高贯武艺超群，并余祖、方胜、许妈、黄瑞郎、唐公、张寅、

傅春、刘宗赵、郑玉等共二十八人，于六月十五日，大结灯
彩，香花牺牲，列齿序行，以郑一官为尾弟。祷告天地：
"虽生不同日，死必同时"之语。毕，烧化纸钱。众拜振泉
为盟主，大开筵席，畅饮而散。

自此之后，亲契友爱，胜于同胞。惟天生每用言挑拨诸
人，说日本地方广阔，上通辽阳、北直，下达闽、粤、交
趾，真鱼米之乡。若得占踞，足以自霸。

陈衷纪、陈勋、张弘、洪昇、高贯五人咸动心，向振泉
谋曰："天生所言诚是。大哥不可失此机会！"

振泉曰："公等如儿戏，然夺人之国，岂尔我数人而可？"

洪昇曰："非此之谓。未知大哥如何？大哥意若决，则
吾会中诸人立呼可就，毋烦周折。其余当徐徐诱之，则大事
成矣。"

振泉曰："事当密秘，观人而言。倘一造次，性命攸关。"
诸人领诺而去。

洪昇、张弘、杨天生既得思齐实意，欲往李明船中，途
从炮台经过，见守台倭番整肃罗列，火炮齐备。天生猛省一
惊，顾升与弘曰："炮台如此严谨，如此整备，恐难下手。"

昇笑曰："炮台严谨，不过见我们船欲起身，加意提防
耳。此何必介意？"

天生曰："君既胸有成算，试略陈其概。"

昇曰："两台倭兵，不过百有余人，所恃者惟数门大炮。
以弟愚见：每台只用胆勇者五六十人，或清晨、或黄昏，乘

其交换无备时冲入，将守炮者砍倒，炮车扭转，连放数门。彼知所恃者已为人夺，安有战志。另择一位骁勇者统之，从中赶杀。再分百人两边放火喊杀，则可得矣。"（中略）

十二日，天生治席请二十七人咸至，依次而坐。酒至数巡，天生向陈衷纪曰："今岁我们船只不知交易几多？货物配搭不知几多？篚金计搭几多（日本出金，样如篚，故曰篚金，色八成)？板银计搭几多？何船得利？何船亏本？"

衷纪曰："别船不知，就弟船中计算，虚头多，大约获利无几。"

天生曰："冒波涛而涉风险，不能得利，亦就难了。"

杲卿曰："生理都好，奈此中抑勒，不与我们亲自交关，凭他当事掣肘，京客尚有三年不得货者（日本系埠头，其国亦称日京，离日本三个月路)。"

子大突曰："我们出于千波万浪之中，反为倭奴束缚，将几间板屋放一把火，大家焚了罢，怕他钱粮不是我们的（日本之屋悉系木板所为)。"

天生只管摇头。衷纪曰："长兄不用摇头。子大之言，大都不错。弟亦有心久矣，恨无首领提调耳。今日大哥在此，众人协力。冲锋破敌之事，弟独任之。"

天生曰："二位酒言！我等至此，顶履别人天地，休作儿戏。"

思齐曰："幸座中都是我们，若有外人，岂不惹出事来。"

衷纪曰："小弟之言，实出肺腑，并非醉语。"

呆卿曰:"人贵适志耳,碌碌何为?凡我在座,听弟一言!"

众曰:"谨听钧谕。"

呆卿曰:"今日此会,实乃天缘,生于中国,而获聚一岛。况大哥德望,素为人钦仰,共扶为主,乘时踞此,同享富贵何如?"

众大喜曰:"是。"

天生、呆卿即斟酒一杯祷告天地曰:"座中诸人苟有异心者,天其殛之!"祷毕,又斟酒一杯,共扶思齐上座,环跪曰:"今日之事,大哥主之。富贵与共,生死勿替。若有违约束者,鸣鼓共诛。"(中略)

一官曰:"事贵神速,恐耽延日久,人多误事。"

齐曰:"总在八月间矣。"

天生曰:"业已通知各位:一应索路帆席,收拾齐备,乘秋潮将船悉放浮水。所有柴米蔬菜,加倍配足,使倭人不疑。船中军器炮火,全赖呆卿与子大二位调度。其中路统众并上将军衔者,衷纪。西路夺炮台、领人钉炮者,子大。抢入东炮台、督人扭转炮身放炮者,俊臣。由东南率众喊杀者,庄桂。其陈勋从西北角抄入,放火喊杀。大哥与一官领一队沿海接应,小弟与李英统人分路接应。其调度各船杉板预备者,杨经。派定在单,大哥可着人传谕,期在八月十五早。"

思齐接单阅完,将单交一官,令他前去密传。一官随到各位通知调度。

八月初四日，各船悉放落港心，整顿收拾，静候十五日举事。

十三日，杨经寿诞，众备礼作贺，经留众饮。独李英酒多，乘醉而归，倭妇王氏接入殷勤伏伺。于情浓之际，英将十五日欲并国王事悉吐露焉。

王氏曰："炮台兵许多，炮又大，如何做得？"

英大笑曰："尔真痴妇。我们这些唐船就许多人，又旧唐人多少（来往者唐人，在地居住者称旧唐人），合做几路，放火的放火，占炮台的占炮台。几个倭兵，何足介意？但尔勿惊慌。"

王氏曰："有尔作主，我岂惊慌。"遂与英搥擦，昏昏睡去。

至天明，英忘却醉后语，梳洗毕出门，调理诸事。王氏却请伊兄六平到家，将英夜间所言，一一通知。嘱其收拾货物，免临时慌张。主六平者，倭之开巨行，有心人也。闻此言，而自忖度曰："此辈做起，其害匪浅，出首为是。"就诡应曰："我就去收拾。"忙转身到值日街，寻值日何必登。

（中略，六平即去向官方报告，恰好报告现场有一官的丈人翊皇，他知道一官危险，急急回去警告）

翊皇就辞出来，忙奔到家。见一官抱孩子同女儿在"毡踏绵"（作者注：即今之榻榻米）上玩耍（翊皇，翁氏之父，一官之丈人）。忙曰："一官！不好了！尔们唐人做的勾当被李英妻舅王六平出首，才去启王，就有兵出来擒拿。汝可速下船逃生！"

一官听见，魂不附体，飞跑出门。恰转西涧，扑面遇天生、杲卿、子大三人，一官忙于旁曰："不好了！事已泄漏，王兵即出，可快传下船逃走！我去报大哥。"三人闻说，分头转传各人。

一官奔思齐寓中，正遇陈衷纪、庄桂、高贯、余祖、何锦、傅春在许计议，忙曰："我丈人来说王六平出首，事已败露，王兵即来擒拿，快些下船！"

齐曰："你们快去传说，各人速速下船！"只陈衷纪、傅春二人同一官、思齐合执大刀奔至海边，见唐人纷纷乱窜。

正十四日未刻，秋潮已涨，各船杉板、本处花叶（日本小船名）悉湾泊岸边。思齐忙唤众人下船，都各各争先，急摇到大舡，起碇的起碇、起帆的起帆。当其慌忙之际，遥见倭兵亦四出擒拿。乃是必登随杨复启王，王传镇国将军到，正在疑惑间，欲差人来唤李英说实；而四处值日见唐人鼎沸，飞报造反，王随传兵马齐出，拨将前去，谨守炮台，放打唐船。岸上有走不及者，或至海埏无船者，有群争上船而船覆者，有得上船而急摇者。思齐招呐："快来！"抽起杉板，开驶出口。

思齐一船正要开头，炮台上大炮连发。倭人亦慌忙，兼之潮落，风又微顺，各船亦悉转头，坐潮缓缓而行。虽炮声不绝，却无坏船。一个时辰，船咸出口。思齐站在尾楼上，见将到洲仔尾，令人放炮，打招旗传令，今晚暂泊此处议事。但思既幸脱虎口，船不急去，而就泊港外，岂不虞倭人出追乎？

日本因前犯浙、闽、粤东三省边界（明季之防倭者是也）掳掠陷城。总制胡宗宪令大将戚继光追捕，剿杀殆尽，所剩回者可数。国王从此将大小船只去舵，以绝不肖倭人出洋作反。思齐筹之熟矣，料他船只缺舵，难以追赶。正传湾泊，诸船闻号炮，悉一条鞭停住落碇，各摇杉板到齐船中。齐接众人上船，互相安慰毕，乃曰："幸脱此险，不知诸兄弟可有失落否？"

天生曰："都下来了，并无失落。"齐着团坐。遂曰："只差一日，就得成事，莫非天意！若不是一官通知，几乎遭难，此亦列位福气，但不知何由得知？"

一官答曰："是我丈人往杨复班中算账，何必登领王六平出首，说是李英兄被酒漏言，英兄嫂对伊兄六平说，嘱其收拾货物，因此六平得知，正往出首。杨复着我丈人且回，就去启王。我丈人飞跑来家，叫我快走。出门就遇升兄他们三位，方说与知，分头通报，因此得脱。"

齐问李英曰："汝昨晚如何与弟妇说？"

英曰："醉了亦都不知有说什么话。"

呆卿曰："醉后失言，往往有之。今悔莫及，且速商量退步。"

齐曰："出来共多少船只？"

天生起来点数，共一十三只。"当各分配支更，听吾号炮，一齐放洋暂到舟山，再作商量。"

衷纪曰："舟山何用？若到舟山，人都散了。人散则孤立，难以济事。依小弟管见：将此十三只船，乘此秋风，直驶台湾安顿。"

天生曰："此言有理。"

齐曰："就烦衷纪、子大二位为头程，日升号带，夜放火箭，以便观望跟踪。"

天生曰："如此却好，暂且过船料理。"众各告别。

十五日天明，思齐船中号炮三响，各鱼贯随行。计八昼夜，方到台湾。即安设寨寨，抚恤土番。然后整船出掠，悉得胜焉，故闽、浙沿海，咸知思齐等踞台横行。一官父绍祖已死，季弟蟒二（后名芝虎）同其四弟芝豹、从兄芝莞附搭渔船往寻，是以声势愈大。[2]

3. 破解历史谜案

江日昇在其自序写道："闽人说闽事，以应纂修国史者采择焉"，"就其始末，广搜辑成"，这是他的写作宗旨。

《台湾外记》这一整段故事带有文学色彩，诸如日本女子化妆习俗，擦奇楠的香味等，仿佛一幅17世纪平户的民俗风情画。其中有中国人在日本的贸易、经营的困境与苦闷，生活饮酒，兄弟结拜、结婚生子，生日欢宴等风土民情，读来画面鲜活。它反映出当时在日本的华人有两三万，既有坐船而来的"唐人"，也有移居日本多年的"旧唐人"。

颜思齐在起事失败后，搭船外逃之际，还敢停泊港口外，又与当年日本当局去船舵有关，这些都是技术性的问题，而江日昇却能写得相当细腻，显然得自父亲细节的叙述。

不过就历史而言，重点在于：一、颜思齐与众兄弟的结拜与筹划起事；起事后如何攻打，各路人马的进攻配置等。二、结拜者多为海商，因此对海事贸易特别熟悉，对日本人加诸海商的许多限制，颇感不满。三、由于有人醉酒泄漏，幸好郑芝龙丈人提早得知，通报众兄弟而逃亡海上，没被逮捕。四、决定不去舟山而结巢台湾，"安设寨寮，抚恤土番"，然后整船出掠，变成一个海盗集团，郑芝龙的两个弟弟芝虎、芝豹也都来投靠。这整个过程自有其内在的逻辑连续性。

不过，此文将所有事件集中在一个短时间内发生，加上有人物的现场对白，要知道历史学家不可能有现场的对话实录，因此难免有太过传奇之嫌，让历史研究者起疑。

然而，若说整个文本为虚构，也不全然。整个叙述文本确实有不少具有历史真实性的地方，因此，值得再次加以核对。

首先，最让人起疑的是：颜思齐以一个外国人，何以敢

于造反起事？这几乎是不可能的。不过，这一层顾虑，文中
也有所说明。颜思齐并非莽撞之徒，而是在众家兄弟一起拱
他出马带领之后，才答应的。攻打过程也曾计划好，只是被
兄弟酒后泄漏了机密，否则此时正逢日本战国刚结束的乱
世，日本各地分解，民间有足够武力，足够资本，加上三万
新旧唐人，若再号召日本的流浪武士，形成武力集团，亦不
无可能成事。因此居于少数的唐人才敢想象去占据一个港
口，以为贸易根据地。

惟因起事未成，即因消息外传而胎死腹中，到底有没有
此事，也无从追究了。

在对照中文之前，我们不妨对照荷兰与西班牙的记录，
爬梳整理，以一种福尔摩斯探案的精神，或可慢慢解开
谜底。

相对于江日昇，荷兰东印度公司的台湾长官报告就有更
高的可信度。

荷兰东印度公司是由十四个船公司所组成的世界第一家
"股份公司"，也是第一家"跨国公司"。连荷兰政府都透过
授权，换成约 25000 荷兰盾入股东印度公司。这些特权式的
授权包括：一、发动对其他国家的战争；二、判决犯人并可
以对其实施监禁或囚禁；三、与其他国家谈判条件；四、发
行货币；五、建立殖民地及要塞等。它等于拥有政府职能。

荷兰东印度公司由十七名长期董事组成，每年固定在阿

姆斯特丹开两到三次董事会。设在巴达维亚的总部必须给董事会报告各地经营情况，讨论待决重要事务（相当于总经理向董事会报告）。因此，巴达维亚的总督就要求各地商馆长官（相当于分公司总经理）向巴达维亚总部写信提出报告，以便于他向荷兰总部报告。在电讯不发达的时代，这些报告只能靠写信，再用船（有时随商船，有时特派快船）去传递信件。由于是公司文件，涉及经营状况与人事的调任升迁等，这些信件都被留存下来，历经数百年后，它又变成见证东印度公司历史的重要文献，保存在阿姆斯特丹。等到人们要研究 16、17 世纪的历史，包括资本主义的起源等，这些原始文件竟成为研究大航海时代，以及当时整个东亚海域内，各国的经济、政治、文化情势的最佳历史见证。

我们从江树生教授自荷兰档案馆所翻译出来的《荷兰台湾长官致巴达维亚总督书信集（1622—1626）》之中，试着寻找当时的记录，再比对颜思齐的行迹，便可得到更为精确的答案。

这些资料都是当时荷兰台湾长官向巴达维亚总部的报告书信，毫无隐瞒地呈现他们遇到的经营困境、交易项目、欠款付款、兵力部署、武力镇压等，乃至于花多少钱收买明朝官员的内幕，都真实地写在里面。透过这些文件的比对，我们可以看见李旦、颜思齐的行迹。

首先，我们从 1624 年，荷兰的记录文件说起。

雷尔生的信，1624 年 2 月 20 日

荷兰在 1622 年到达澎湖，想利用澎湖经营中国贸易。可是明朝官员认为澎湖是中国领土，荷兰应该先退出，才能够谈贸易。总不能先占了领土，再强迫贸易。荷兰不愿意，继续以澎湖为基地，和中国的私商、日本海商做贸易，并出海抢劫中国沿海的城镇，或在海上抢劫中国、西班牙、葡萄牙商船。这让明朝很困扰。僵持两年后，荷兰在明朝的步步进逼下，终于在 1624 年退出澎湖。这个过程中，李旦起了居中协调的关键性作用。

而退到台湾的东印度公司台湾长官，则从澎湖时期的雷尔生，变为宋克，宋克出意外而死，再由韦特代理。从 1624 到 1626 年，他们都写过详细的报告。我们可以从这些报告中，来看看李旦、颜思齐、郑芝龙的活动，以及当时台湾的状况。

雷尔生 1624 年 2 月 20 日还在澎湖的时候，写给巴达维亚总督的信中说：

我们也从大船好望号（de Goede Hoop）得悉，中国甲必丹（李旦）于这艘大船出航以前十八天就离开日本航来大员了，但我们还没有听到他们来。真希望他们已经抵达那里，来偿还我方的人交给他的负债（指已经

付了预付款所订购的货物），也希望那时会有更多冒险者会运丝来。他去年在中国留下很多贷款（预付款），把人质和那些人（指收取预付款的人）的保证书留在我们这里，用以保证他不在大员的期间，那些人会为我们收购丝和丝货，来偿还那些预付款。但是到现在几乎都没有送货来。去年我方的人在大员买到的那些不清不楚的丝和丝货，质量非常不好，也不是精选的，价钱很高。就如您阁下从大船齐里克泽号（Zierickzee）和 Mocha 号运去巴达维亚的那些货可以看到的那样。[3]

这封信说明：李旦在前一年已经在和荷兰人交易了，并且有预付款发生。同时，台湾作为转口贸易港的地位，是可以确定的。

至于郑芝龙呢？是跟随李旦一起？或什么时候到达澎湖？

日本学者岩生成一在《明末日本侨寓中国人甲必丹李旦考》写过郑芝龙曾在 1624 至 1625 年间，担任过荷兰翻译员。汤锦台在《开启台湾第一人——郑芝龙》一书中也曾引用了岩生成一的这一段文字[4]。

岩生成一在书中写道：

Reijersen（雷尔生）于 1624 年 2 月 20 日自澎湖寄给东印度公司总督的书信中记载道："予寄给阁下之前

一封信函，乃于 1 月 25 日托 Yacht 船 Mocha 号送出，其
副本现在已寄出，想必阁下已收到。之后盼望已久的帆
船 de Goede Hoop 方于同月之 21 日自日本出发，于月底
抵达。……我们由日本雇用一位中国人通译，约好给予
希望之待遇，但目前似乎对我等尚无甚用处。"[5]

岩生成一认为这个通译即是郑芝龙。

如果郑芝龙在此时到达澎湖，当了雷尔生的翻译员，他
就不可能在日本和颜思齐结拜，更不可能看到郑成功的出
生，并参与 1624 年 9 月颜思齐在平户的起事，乃至于后来
帮助颜思齐逃亡台湾。

郑芝龙行迹之所以至关重要，原因在此。如果他在 1624
年元月就到澎湖，江日昇的叙述便可证实为虚构了。所谓颜
思齐在日本的结拜兄弟、共谋起事、事迹败露、郑芝龙赶紧
通知大家逃亡，海上亡命等情节，也都是虚构。

这便是最关键处。

然而，比对江树生主译的《荷兰台湾长官致巴达维亚总
督书信集I：1622—1626》一书，1624 年 2 月 20 日写于澎湖
的这一封信中，雷尔生写道：

我们从日本得到一个中国翻译员，但是他现在没有
意愿来工作，虽然我们答应会给他很优厚的待遇。跟他
一起来的另一个中国人，将使此地花费很多开支，他要

求我们必须支付他的旅费和其他费用。如果事情如此办
理，我们会（把这些开支）好好记录下来，等候您阁下
有关此事的命令。[6]

文意很清楚，担任翻译的中国人还没有来。书信全文也
找不到岩生成一所引用的文字。这或许有可能是岩生成一引
用错误，或理解有问题所致。但这个错误会变成历史判断致
命的要害。因为，岩生成一正是据此怀疑是否真的存在颜思
齐这个人。他在前引文《明末日本侨寓中国人甲必丹李旦
考》中，甚至认为颜思齐即是李旦。

岩生成一该论文完稿于 1936 年，当时可参阅之荷兰原
文资料甚少，此文因系引自荷文，深受信赖，影响所及，让
后来的学者据此断定郑芝龙是在 1624 年 1 月就到澎湖担任
雷尔生的翻译，因此推论他是李旦的手下，奉了李旦的指派
才去澎湖协助荷兰与明朝之间的沟通工作，试图说服荷兰人
撤退到大员。

那么郑芝龙到底有没有来台呢？

细查江树生翻译的几封台湾长官报告信，并没有郑芝龙
上任的时间记录。

在荷兰撤退到台湾之后，取代雷尔生的宋克长官写于
1624 年 11 月 5 日大员商馆的报告中，谈到了如何从澎湖撤
退的诸多细节，包括李旦如何居中协调，各方势力如何折
冲，荷兰如何孤立无援等。由于整个过程多所依赖李旦和明

朝官员传话，终于得到回复，他特别谈到李旦的作用。

　　　关于要掌控贸易之事，只有那一项要中国人必须放弃航往马尼拉、澳门与其他我们的敌人居处的要求，因各种理由，决定不予提出。因为这一项，据我们的看法，只能用最强硬的手段，或用最柔软的方法，才能取得效果。而这两种方法显然我们都办不到。因为，我们现在无论在人力和武器方面都如此缺乏，要防御都已经很吃力了，根本不能像以前那样去出击。至于想要用柔软的方法来取得这效果，就必须先要活动朋友（但愿神怜悯，我们在中国却连一个朋友也没有）。据他（李旦）告诉我们的，只要我们继续留在澎湖一天，就不会有人愿意跟我们做朋友。因为以前对我们表现亲善的所有那些人，都因此遭遇困难，有些人还被处死。而且是全家因此被处死。如果我们（在中国）还有其他人可以派用，我们不会像现在这么还是仰赖这个中国人甲必丹（李旦）。

　　　我们常常遇到一种情形，就是派来给我们接替那些不适任的翻译员的人，被我们派去巴达维亚以后，就奉命随船去马尼拉了。真希望当初能有苏鸣岗（Bencon）、Jan Con 或其他巴达维亚的中国人跟我们一起从巴达维亚来这里担任我们的翻译员和文书。我们现在必须使用的那些人，叫他们静默还比叫他们书写来的好（叫他们来写反倒麻烦)。愿神使我们为公司努力的一切工作都能成功。[7]

这封信的内容显示，宋克非常缺乏翻译员，所以只能依赖李旦。这就表示郑芝龙未曾担任他的翻译员。那么郑芝龙有没有担任过翻译？是什么时候任职为翻译员呢？

1625 年 10 月 20 日，台湾临时长官德·韦特写给总督的报告里说：

有一个名叫一官的人，以前担任过司令官雷尔生阁下的翻译员的，预定这几天会来此地。他现在还率领二十到三十艘戎克船在海上。这些戎克船在北边向那些不肯缴纳捐献，即他们所谓的保护费的中国人抢劫，也向从萨摩（日本）来的人抢劫。这些戎克船全部或其中几艘来到此地以后，我们将使他们不能再去抢劫。因为他们是悬挂亲王旗（即现今荷兰仍使用的红白蓝三色旗），和旒旛旗，以公司和荷兰人的名义去抢劫的。[8]

这就证明，郑芝龙确实担任过荷兰台湾长官雷尔生的翻译员。但时间多长并没说清楚。而雷尔生是在 1624 年 11 月搭船离开大员的。所以郑芝龙应是在雷尔生任上，结束通译工作。至于他有没有去澎湖，依据宋克的说法，应该没有，否则不会如此缺人，什么事都靠李旦。

那么，郑芝龙有可能参加颜思齐的平户计划吗？

看起来是有可能的。因为他担任雷尔生的翻译时间，并非如岩生成一所说的，是在1624年1月搭着那一条船去澎湖，而是有所拖延。至于拖到什么时候上任，从荷兰人的信中无法证实。

另一份数据则可以佐证李旦来台的时间。《利邦上尉东印度航海历险记》里曾记载：

> 1624年3月4日，船长（应指李旦）抵达。这样称呼他，是因为他脱离了明朝，在中国富甲一方。他有亏职守，在海上拥有五十多艘船，和中国船队一样多，在海上尽其所能到处掠夺，能到手的都不放过。他敬拜所有神祇，却与所有人为敌。自称来维护我们的安全，同时也寻求我们的保护。不久之后，我们和中国人之间的和平便部分达成。
>
> 他在一艘中国式大船上载满各式商品，和台湾岛上的人交易。最常见的是鹿皮和鹿脯，带到日本去出售。他和我们交易频繁，也证明西班牙人对中国人说的不是事实——西班牙人说，荷兰人从不靠岸，只在海上漂泊，肆行抢掠。
>
> 他是个有信用的人，于是成了我们和中国往来的第

一座桥梁和中间人。而他从双方得到丰厚的回报和礼物。合约中也规定他要坦诚，主动向明朝投诚，以恢复原来在明朝的职位。[9]

由此可证实，李旦在 1624 年 3 月 4 日这一天到台湾。

4. 颜思齐在台湾

宋克的第一封信，1624 年 11 月 5 日

这一封信是荷印公司在台湾的首任长官宋克撤离澎湖，到达台湾后写的第一封信。送信对象是巴达维亚总督卡本提耳。信中写道：

> 上面我提过，所有我们的船只都已经航离澎湖，不过我们从中国人甲必丹（李旦）的一个伙伴颜思齐处（Pedro China）租用一艘戎克船，船上搭乘两名公司的人员，在预先告知王守备（按，即王梦熊），他现在担任澎湖的长官，并取得他的同意之后，于（1624 年）10 月 29 日出发，航往澎湖，要去等候即将从日本航来的我们的船只，要去把寄来此地的信带回来，把我们的信交给那些船只的主管，带去巴达维亚，并去秘密侦查那边的情形和中国人的活动。[10]

这个时候，宋克已取代澎湖时期的长官雷尔生成为新任台湾长官，因此信是由他写的。信的内容相当长，报告了李旦如何来澎湖协调，帮助他们和福建官员谈判，如何提出条件，有些为明朝接受，有些无法同意等，也说明为了对付西班牙而做了努力。信的最后，他还写上雷尔生要坐这一条船离开台湾，回去巴达维亚。

这些内容清楚表明，刚从澎湖撤退到大员的荷兰人租了颜思齐的船，去澎湖取日本寄往那里的信，另一方面，荷兰人并不死心，试图侦查那里的情形。说不定还有机会再来一记回马枪。

这也可以看出，当时颜思齐已先在台湾立足，他的人马与船只应有不少，才有余船可租给荷兰。

需要了解的是，依照当时船运规矩，租的不只是船，而是连同船员、领航等人手，这样才能保证航行的安全。因而，颜思齐的人手也要够才行。

再对照《台湾外记》，颜思齐是在农历 8 月 15 日离开日本，航行八天到台湾，则到达台湾应该在农历 8 月 23 日。也就是公历 10 月初。此时，正是荷兰撤退到台湾的时候。颜思齐的人马与船队已经在魍港与笨港一带落脚，与荷兰人所在的安平港距离不远，海上的直线距离短，船来船往是很容易的事。依时间推断，荷兰向颜思齐租船，于 10 月 29 日出发，时间上是对得起来的。

　　此信也反映出，在荷兰人的眼里，颜思齐跟李旦是"伙伴"，而非手下。伙伴当然有贸易伙伴，或海盗伙伴的两种意味。或者，更可能是两者兼而有之。这一点并不奇怪，荷兰人之外还有各路海盗到处打劫，中国海商如李旦没有一点武装实力，能做海上生意吗？

　　闽南海商习俗，招人入股，合伙做生意，有钱大家赚，这是很普遍的事，更何况李旦也曾向英国商馆借钱做生意，支付利息。颜思齐精通武艺，拥有一帮豪侠兄弟，和李旦合伙做海上生意，避免被海盗打劫，或者合伙在海上打劫别人，这是很合理的推断。

　　同样的，李旦的御朱印船每年来台湾做生意，八年内走了十一趟，也都接了荷兰的预付款，找颜思齐入伙，保证海上安全，在台湾建立贸易据点，也是利之所趋的发展。

　　据此推断，颜思齐很有可能在 1624 年之前就来过台湾，其工作是保护李旦的船只与交易的安全。

　　不过宋克在信中也提到，他们刚到台湾，就发现有不少汉人在此居住做生意。所以他希望汉人不会影响他们和台湾少数民族的关系。

　　　我们抵达大员以后，萧垄和新港，即位于我们邻近的番社（negrien）。居民来我们这里，为目加溜湾人向我们请求友谊。因为他们去年打死了几个我们的人，并试图放火烧毁那城堡。我们已经答应跟他们友好来往。

157

　　我们希望他们的心将逐渐的完全摆脱汉人，因为他们看起来是一种喜欢变动的人，他们每一个人都很有主见，甚至有很多主人，谁也不肯听从别人。他们经常发生内战，谁能取得最多头颅的，就是最受拥戴的领袖。我们必须用赠送礼物，和使他们对我们的武力产生恐惧，来使他们跟我们建立友谊，并维持友谊。也希望用这方法，还可在此地跟其他很多人建立友谊。

　　汉人非常猜忌我们来此地居住，极力想要在居民与我们之间，制造各种冲突。但我们希望不至太被影响。

　　此地每年可得□□（原文空白）枚鹿皮，有大量的干燥的鹿肉和鱼在此地卖给汉人运往中国。

　　这种干燥的鹿肉和鱼，在此各附寄一担去给您阁下。这种鹿肉每担售价□□（原文空白），鱼售价□□（原文空白）。如果明年您阁下想要一些这种鹿肉和鱼，可以请告诉我们。[11]

　　这一段显示，在台湾的汉人有不少，所以对当地住民影响较大。颜思齐的生存方式与荷兰人应也差不多。即向当地住民买鹿肉和鱼干作为食物。不过，显然荷兰与颜思齐隔邻而居，已开始互相猜忌，产生竞合关系了。

　　在这封信的最后，宋克写道：

　　这封信写到这里，正想要交给将于（1624年）10

月 20 日出航前往巴达维亚的快艇 Tertholen 号送去（巴达维亚），突然收到中国人甲必丹（李旦）寄来一封信，信里告诉我们说，他因身体欠安未能去福州觐见军门，又说（中国官吏）已经发出可以来此地同我们交易通商的通行证，也发出通行证给二艘戎克船航往巴达维亚，又说，他打算要尽快带一些丝回来此地，就如您阁下从附寄在此标示 K，他写给我们和颜思齐（Pedro China）的来信可以看见那样。[12]

宋克在此确认了李旦并未随荷兰人撤退到台湾，而是去厦门、漳州一带，他应该是去向福建的官方交代处理结果。因为他在厦门的手下许心素的儿子被明朝官员扣押在牢里，好逼迫他到澎湖帮忙劝退荷兰人。当然他也是帮荷兰人交涉。

而荷兰人来到台湾，最先打交道的对象则是李旦的合伙人颜思齐，这当然也是李旦所安排。是以李旦在福建的交涉结果，不仅要告知荷兰，也要转告颜思齐，才知道如何应对。

从这种合作关系来看，在荷兰人来台之前，颜思齐或许有机会替李旦来台湾打理御朱印船贸易，只是未曾在台湾筑寨定居，建立据点。那么，他入台的时间点就有可能早于 1624 年 10 月。

宋克的第二封信，1624 年 12 月 12 日

这是宋克撤退到台湾后，寄给巴达维亚总督卡本提耳的
第二封信，详细记载了来台后的状况，其中有不少涉及大员
周边环境，特别是与魍港的交往。而魍港是颜思齐人马的大
本营。

信中先写道：

> 若使汉人大批涌入此地（大员），对公司的利益将
> 会更大，而且到时候，将可用我们的船运送很多汉人去
> 巴达维亚。
>
> 到现在，几乎都还没有大商人来到此地，对此，我
> 们想有几个原因，其中最主要的原因是：以前我们对他
> 们、他们的亲戚和朋友所干的极其不友善的行为（使他
> 们不肯来），另外，也由于此刻中国沿海经常刮吹强风，
> 他们要运货渡海，危险性很高（不敢来）。……[13]

文中所说的"不友善的行为"的真相是：荷兰人在福建
沿海烧杀掳掠，抓人为奴。福建人抗拒和荷兰人贸易并不值
得讶异。

不过，李旦也是一个狡猾的商人，他利用荷兰人想独占
中国贸易的心理，伪称可以说服福建、广东的都督，让他们
了解荷兰人与西班牙、葡萄牙人誓不两立的对立情势，而选

择站在荷兰这一边，让明朝官方下令驱逐葡萄牙人离开澳门，只是"最容易打动这两位都督内心的，是可观的报赏。"至于报赏的给予，自然是透过李旦去暗中运作了。所以宋克也很高兴（但审慎）地打算给钱。

至于如何对付福建，宋克说得更直接：收买官员。

> 我们接到这个中国人甲必丹的报告以后，经与亲近的几个人商议之后，答应他，我们愿意酬谢他（那个都督）六千两（银）。这个中国人甲必丹乃令上述（许）心素将我们这承诺秘密地转告上述那个都督。我们也让上述总爷，即将到来的福州省都督知道，如果允许我们在马尼拉航道夺取戎克船，我们也会酬谢他同等的金额。
>
> 看起来，目前还不可能用禁令来阻止中国人航往马尼拉，不过希望到时候也能跟着用禁令来阻止。我们的看法（希望会有更好的看法）是一旦通商贸易上路了，我们会最缺乏的，将不是源源而来的商品货物，而是资金。在这期间，若运来此地的资金增加起来，也势将使我们在中国的朋友增加起来，也将可透过这些朋友打开荷兰联合东印度公司企盼的通商中国之路。[14]

不能不注意的是，此时荷兰正在寻求从西班牙的统治下独立，是以在海外攻击西班牙也是对荷兰母国的帮助。因此巴达维亚总部、台湾长官方面，总是想方设法要攻击马尼拉，孤立西班牙。阻截中国与马尼拉的贸易，在航道上抢劫，就是荷兰的策略。

而颜思齐就是他们要寻求协助的结盟对象。

> 我们再次跟此地的议员们商议如何使用此地的大船和快艇的问题，结果我们决议，为了公司的利益和打击我们的敌人，我们要在本月底或下月初派这些船只去马尼拉，并决定任命 Pieter Jansz Muysert 为这支舰队的司令官。我们要交给他们的命令和指令将于下次寄信时附寄给阁下。

> 此地有几艘中国人甲必丹（李旦）和颜思齐（Pedro China）手下的戎克船，我们希望他们会同我们的舰队去（马尼拉）为公司工作。上述甲必丹和颜思齐看起来也乐意这样做，将如此进行，因为我们认为他们会做得很好。

> 我问过中国人甲必丹，此地（大员）有没有可以信赖的日本人，可让我们派去马尼拉侦查那边的状况，并去打听马尼拉的日本人对西班牙人和荷兰人的态度如何。他对此表示有困难，一方面是因为此地没有适当的人可以派去执行这个任务，另一方面是因为住在马尼拉的日本人都是天主教徒，所以对荷兰人不会有好感。这个中国人甲必丹的儿子这几天会从日本来，届时可能一

起带些有用的东西来，如果可能而且容易办到，我们会试着去打听，日本人是否像您阁下在指令里说的有要诱骗您阁下的企图。[15]

这封信详细说明来台湾之后，如何与台湾土著交往，取得友谊，同时与李旦合作，试图打开中国贸易。毕竟，荷兰人撤退到台湾的最大原因，就是为了就近与中国做生意。其中的利益折冲与送礼不少。但宋克是一个有战略思想的人，他知道荷兰的战力不够，不足以攻打马尼拉，所以他想利用李旦、颜思齐的船队，合作去劫掠马尼拉，以阻断马尼拉与福建月港的贸易。因此，文中所说的"会同我们的舰队去马尼拉为公司工作"，其实就是合伙打劫。

这个想法并不奇特，在当时的海洋中，这是习以为常的事。他们并不认为这是海盗行为，而是"俘虏"了别国的船。而对李、颜来说，没有利益是不会干的。这就埋下后来郑芝龙的船队挂着荷兰旗在海上打劫的远因。因为，这就是荷兰人出谋划策的结果。

此外，为了维护安全，宋克也尽快建造居住的城堡。

以前我们向您阁下报告过，我们正忙着在此地建造一个城堡。以应情势的需要。这个城堡的周围大致都已用木板围起来了，只有东南边还没有围起来，在那里我们计划要建造一个砌砖的房屋。因总爷的帮忙，我们已经取得约一万四千个红色砖头，以后还会收到大批的这种砖头。我们也已经从魍港取得一批砖头和石灰，这几天还会从那里收到更多，等砖头和石灰都收齐了，也有了适用的工人以后，我们很想把这城堡的四周围，都用砖头和石灰建造起来，这样我们就可以固守此地，不须离弃，除非您阁下命令要离开。[16]

此文最有意思的是，荷兰人竟然是向魍港买砖头和石灰。为什么此时的魍港有人烧砖头和制造石灰呢？是从福建进口，还是从福建来的工人所制造？

烧砖的技术并不难，但台湾少数民族不会。而福建漳州一带的陶瓷生产本就兴盛，克拉克瓷都可以生产了，何况简单的建砖窑烧砖，这本是闽南建筑的材料。颜思齐是海澄人，从青礁引进漳州的烧砖技术工人，岂是难事？而即使不是颜思齐所引进，而是更早来的汉人所建，以供应来台的汉人建造房子所需，这也并不奇怪。

值得特别注意的反而是：当时来台的汉人多到可以建砖窑、造红砖，甚至供应荷兰所需，那时到底有多少汉人在魍港，才有这建材的需要呢？

同样的道理，颜思齐如果是在这一年10月，率领二十七名兄弟及数百手下抵达魍港、北港，逐步开垦，要建造十个寨子，找砖头和石灰，也是必办的要事。

这就意味着，1624年的台湾，荷兰人来到之前，台湾已

经有很多汉人在开垦了。而此时的台湾，魍港、北港一带是
颜思齐的地盘，台南大员港口是荷兰人地盘，中间穿梭着许
多捕鱼的、做生意的汉人，而更多的是原本居住在此的台湾
少数民族村社。

同一封信中也写道：

现在此地约有一百艘中国人的渔船来捕鱼。这些渔
船载很多中国人来此地，这些人进入内地收购鹿脯和鹿
皮，要运回中国。我们在此地，一切都安顿好以后，从
这事可以获得一些利益来贴补公司沉重的开支与负担。
据中国人甲必丹说，我们若进行此事，都督不会反对。
不过我们想，要来执行此事，现在为时还太早。

中国人甲必丹（李旦）打算于再来的南风季节要离
开此地，航往日本。他航离以后，日本人在此地的贸易
情形会如何，我们还不很清楚。

如果有英国人或其他与我们友好的国家的人，在事
先没有告诉您阁下的情况下，于再来的南风季节前来此
地，要住下来，我们应该如何对待他们？对此请您阁下
给我们命令，依便知所遵循。[17]

这个段落说明几件事：一个季节就约有一百艘中国渔船
来，捕鱼兼做鹿皮、鹿肉贸易，这样的规模并不小。荷兰人
看见商机，准备抽税。只是刚到台湾，还没安顿好，也怕打

草惊蛇，让中国人不敢来捕鱼贸易了。所以先暂缓，几年后，郑芝龙人马抽离回福建安海作为总部，荷兰就开始抽人头税、什一税了。

这一封信是写于 1624 年 12 月 12 日，荷兰人撤退到台湾才两个月，一切尚未安顿。但一边建城堡，一边搞好和少数民族之间的关系，一边看中国渔民生意如何，想抽税赚钱。另一方面，开始联合颜思齐要一起攻打马尼拉。不得不说，宋克的企图心的确很强。

5. 魍港的颜思齐势力

宋克的第三封信，1625 年 2 月 19 日

这是宋克写给巴达维亚总部的第三封信。信中很高兴地谈到了福建的许心素带来以前的总爷、现在的福州都督也就是俞咨皋的信，许心素特地从金门料罗湾等候了四十天的船，把好消息带来台湾，让荷兰人知道对中国的贸易有了成功的希望，并可借此瓦解西班牙人和葡萄牙人的贸易。

荷兰的目的是清楚的：尽最大的力量垄断中国贸易，为东印度公司得到最大利益。

信中有关颜思齐的部分写道：

　　　　约有一百名中国人，以前在北边和这附近驾船抢

劫，属于中国人甲必丹（李旦）和颜思齐所管辖的，愿意为公司的工作，驾三艘戎克船加入我们前往马尼拉（巡弋）的船队，去协助我们。他们在上述船队从此地出航时（要出航之事由快艇 Fortuyn 号实时去通知他们了），因为下淡水河里的水太浅（那时他们的船停在下淡水河里），利用涨潮也无法出海，直到本月（2 月）8 日才得以出海去跟随上述船队。希望他们很快就会赶上该船队，并为公司做出良好的成绩。[18]

这里透露几点重要的讯息：第一，依照江树生教授翻译的荷兰原文，所谓"属于中国人甲必丹李旦和颜思齐所管辖"即意味着这上百名汉人住在台湾，是他们的属下。以此推断，李旦、颜思齐的人马至少有数百人在台湾定居，才能轻易就派了三艘船，一百来人出马。第二，他们所住的地点在安平港北边，离此不远。也就是魍港、北港一带，有时驾船出去抢劫。第三，他们所在的出海口一带，沙洲太长，沿岸水浅，所以船不容易开出去。当然，作为海盗，这也让追捕的官兵船不容易开进来。第四，他们有上百人、三艘戎克船参加了荷兰船队，这意味着他们有意结合荷兰，挂上荷兰的旗子"做生意"抢劫。

信中也写到了为了要载运许心素带来的丝和其他货物，宋克花钱向李旦买了一艘戎克船。

为了要在上述那艘快艇 Purmerendt 号上腾出空间来装丝和其他货物，我们决定要用一艘戎克船装米，偕同快艇 Amemnuyden 号航往巴达维亚。这艘戎克船是我们用三百两银和四十二包日本米向中国人甲必丹买来的。在这艘戎克船上有七名荷兰人和二十八名中国人，他们都是被公司雇用的，因此要给他们薪水。他们所赚的月薪，您阁下从附寄在此的员工名册可以看到。我们除了有此需要以外，也是想让更多中国人搭上述那艘戎克船去巴达维亚，希望他们大部分的人会留在那里一阵子，这样做，既是有此需要，也是一种试验，不知道您阁下觉得如何，希望以后能让我们知道。[19]

宋克买船雇用人去海上打劫，这是要支付薪水的。这和合伙打劫不同，合伙主要是一起分成。宋克还意图让中国人去巴达维亚工作，好建立一种中国人的商业环境（语言及生活习俗），以吸引更多中国人前往做生意。

此信中，宋克对台湾的环境与特产逐步有了认识，遂提出一个非常有趣而影响深远的要求：希望巴达维亚总部寄送一些马和树过来。

这个地方和那整片的土地，都非常肥沃。自然的环境也非常好，有着无数的野生动物，就像鹿、山羊、野猪、野鸡、野兔等等。这上述地方的周边附近，还有一个相当大的内陆水域（湖泊），那里面有很多鱼，而且到处有清澈美丽的河流。此外，这地方周围又有渔产非常丰富的海，因此来的人多起来以后，在短短的几年内（在上帝的带领下），就可以生产到我们需要的所有食物，都不必安排其他地方供应。公司员工和我们也都用很少的经费，就可以解决饮食的问题。[20]

请您阁下送几匹马，配着马鞍和马镫来此地。因为马在此地很令人敬畏。在紧要的时候，也很有用。因为我们可以在野地上，骑马追逐控制当地居民和其他敌人。也请送一些葡萄、杧果、荔枝、榴槤等水果的树苗来。[21]

饶有兴味的是，台湾不产马，只有鹿，所以把马引进来，骑在高大的马上，扬起长枪，追逐不听话的居民，或者敌人，就变成一种殖民者威武雄壮的象征。

当时台湾应该还没有杧果，所以宋克才会要求他寄一些东南亚的热带果树来。是不是宋克引进杧果，台湾才变成杧果的产地？宋克是不是第一个引进的人呢？这就有待植物学家考证了。至少宋克在 1625 年要求引进杧果是可以确证的事。而台南一带盛产杧果，玉井更是杧果大乡，或许与宋克最先引进杧果树苗，在当地传播特别快有关。

宋克的第四封信，1625 年 3 月 3 日

在第三封信过了十二天之后，宋克寄出第四封信。时间

上算是比较密集的。信中谈及生活的一些细节特别有趣，细细玩味，即可体会当时李旦、颜思齐等人在台湾的生活。

> 为了避免因意外状况而发生缺米的现象，加以预料将会有很多士兵随舰队从马尼拉来，所以希望您阁下派一艘大船，经暹罗去载一些米来；而且，我想，您阁下因奈耶罗德先生的信，也会决定派一艘大船去那里收购鹿皮。
>
> 肉和五花肉，您阁下不用送来给我们了。一方面是因为还有相当库存，另一方面是因为我们这里有鹿肉、鱼肉和蚝可以替代使用。因此这些荷兰的食物（肉和五花肉）还可以使用很久。
>
> 酒（Arack）也不必送来。除非在暹罗可以廉价买到。这样东西（酒）我们完全不需要，除非有船队带很多士兵来这里，因为我们用中国米烧制的酒，比从巴达维亚运来的更便宜。[22]

这就显示，荷兰人食物不缺，乃至于欧洲人用一颗一颗吃生蚝的，台湾海边很多，可以用一大盘来做"蚵仔煎"。颜思齐与他的手下过的生活应不外乎此。吃肉有鹿肉、鱼肉，青菜有住民的野菜，喝酒有中国米酿的酒，物产丰隆，大口吃肉，大碗喝酒，应该生活得相当快活。

正因为谋生容易，荷兰公司职员纷纷想去职，自己出去做生意。

　　有八个公司的职员要求辞职，我们已经批准他们的要求。使他们去普罗岷西亚市镇住下来，并交准许证给他们。这种准许证的内容，您阁下可以从附寄在此的抄本看到。很显然，不久还会有更多人来要求让他们辞职，自由去生活。因为这地方很适合自己去赚钱谋生。如此下去，将来可以不须公司的负担，就会逐渐形成人口众多的地方。

　　不知道您阁下对此意见如何，盼能尽快示知，也请告诉我们，你阁下将允许这些利伯维尔民从事哪些商品的交易，又如果有公司还欠他们薪资的，要用何种方式来支付给他们。[23]

　　宋克希望以最少的资源，吸引汉人来此交易，让台湾变成一个人口众多、商业繁荣的集市。

　　颜思齐已经离开日本，他只能去台湾了。他带着几百个人马，在嘉义、云林一带，建设永久基地。于是有十寨的规划。从现今云林的水林村到北港，十个寨子，有防卫，有出击，有训练，有抚番，有仓库，这是一个完整的建设蓝图。

　　没有人能料到，1625 年是宋克和颜思齐最后的一年。

注释：

[1] 江日昇著：《台湾外记》。

[2] 同注［1］。

[3] 台湾文献馆主编：《荷兰台湾长官致巴达维亚总督书信集Ⅰ：1622—1626》（江树生主译/注），南天书局，2007年版，第93页。

[4] 汤锦台著：《大航海时代的台湾》，如果出版社，2011年版，第96页。

[5] 岩生成一著：《明末侨寓日本中国人甲必丹李旦考》（许贤瑶译），《台北文献》128期，1999年。

[6] 同注［3］，第96页。

[7] 同注［3］，第113—114页。

[8] 同注［3］，第201页。

[9] 艾利、利邦著：《利邦上尉东印度航海历险记：一位佣兵的日志（1617—1627）》（赖慧芸翻译），财团法人曹永和文教基金会出版，台北，2012年版，第132页。

[10] 同注［3］，第118—119页。

[11] 同注［3］，第117—118页。

[12] 同注［3］，第120页。

[13] 同注［3］，第137页。

[14] 同注［3］，第140页。

[15] 同注［3］，第142页。

[16] 同注［3］，第144页。

[17] 同注［3］，第144—145页。

[18] 同注［3］，第163—164页。

[19] 同注［3］，第160—161页。

［20］同注［3］，第 162 页。

［21］同注［3］，第 165 页。

［22］同注［3］，第 178 页。

［23］同注［3］，第 179 页。

颜之死与龙崛起

　　最后的一刻，或许，他会想起昔日带领所有兄弟离开日本，航行在万顷波涛之中，无垠的蓝天，无边的大海，站在船头，望向远方，天地如此宽广，世界万般壮阔，风帆饱满飘荡，男儿志在四方。

　　经过几个日夜，船慢慢航近台湾，青翠高耸的山脉，葱葱郁郁的森林，在前方迎接。船慢慢驶入魍港。平缓的沙洲，迂回的港湾，船要靠上岸了。一个个兄弟站在船头欢呼，未来的事业就从这里开始……

　　他多么怀念着那扬帆万里的时光。

　　"奈大数已尽，难与诸君扬帆波涛中耳!"颜思齐说完，呜咽着，合上了眼睛。

1. 颜思齐之死

1624 年是台湾命运转变之年。

1625 年却是死亡的转折点。几个与台湾命运息息相关的人：李旦、宋克、颜思齐，三个月内，相继过世。

历史，仿佛要为过往的这一年定格，好留下最后的记忆。

最先是李旦。他的身体一直不好，在协调荷兰撤退时多次出入厦门，但因有病在身，几度想赴福州和官员见面，都无法成行，滞留延误，让荷兰人苦等。1625 年来台湾之后，他身体也一直不好，在病中难以成行。停留到 7 月 3 日，他才从台湾出发，返回日本。

然而他的病况已相当严重，回去一个多月以后，就在 8 月间病故了。

最可惜的是，他的事业遍及日本、台湾地区、东南亚各地，周旋于长崎、平户的政商人脉，与荷兰、英国商馆之间的贸易合作，甚至他欠下英国商馆的借贷和订货，都无人能继承。他的儿子李国助（小名也叫一官），缺乏他的交际手腕，后来只能继承东南亚的一方贸易，台湾的部分则由颜思齐接管。[1]

9月初，对台湾环境开始熟悉，准备开始大展宏图的荷兰第一任台湾长官宋克，因为去澎湖运送修理一艘大船的设备，回程中在大员的港外停泊，因为沙洲浅，坐上一艘接驳的小船要上岸。然而，他们对台湾的大风浪缺乏认识，不知道它的严重性，小船摇过北港道和南港道，来到城堡后面，靠近岸边的时候，突然被一阵巨浪打翻了。同船的一个官员和两个水手溺水而死，宋克虽然幸运被救起，从肺部吐出了很多水，晚上还可以讲话，但两天后，回天乏术，9月17日还是过世了。

由于事起突然，时任台湾上席商务员的德·韦特（Gerrit Fredericksen de Witt）被任命为临时司令官，接替宋克处理台湾事务。他曾在1624年8月间，被公司派到澎湖与俞咨皋谈判，应是颇为了解东印度公司中国政策的执行者。但他一直到1626年离职为止，都未被正式派任为"台湾长官"。[2]

颜思齐则更为离奇。

《台湾外记》记载，1625年10月间，他到嘉义的山上打猎，归来后非常高兴，与友伴欢饮，却不料喝多了大醉，感了风寒（也有一说是在山上感染疟疾），过几日，病情加重，医药罔效。他知道自己去日无多，把同伴找来说："共事二载，本来要与诸君共取富贵。不料今天染此重病，只有中途分别了！"

杨天生等人安慰他说："疾病人所难免，时加调养自然会好，何必太过悲戚?"

但颜思齐知道自己病情的严重，忧伤地回答："虽然，奈何大数已尽，难与诸君扬帆波涛之中了!"

他呜咽着，闭上了眼睛。

最后的一刻，或许，他会想起昔日带领所有兄弟，航行在万顷波涛之中，无垠的蓝天，无边的大海，站在船头，望向远方，胸怀无限，天地如此宽广，世界万般壮阔，男儿志在四方，经过几个日夜，船慢慢航近台湾，青翠的山脉，葱葱郁郁的森林，在前方迎接，船慢慢驶入魍港。一个个兄弟站在船头欢呼，未来的事业就从这里开始……

颜思齐过世的消息很快传到郑芝龙耳中，他正在海上，听到消息，立即带领船队从海上赶回台湾。

郑芝龙所未曾预料的是，宋克、李旦、颜思齐的死亡，是一个大历史的转折。仿佛一场新的大戏要开演之前，先清空了舞台一般，他将站在颜思齐为他指引的方向，走出一条谁都未曾预见的道路。

2. 挂着荷兰旗的中国海盗

回头看看荷兰人怎么看这一段历史。

1625 年 10 月 29 日，德·韦特署名寄出一封给巴达维亚总督的信，报告李旦的离去、第一任台湾长官宋克之死和颜思齐之死。从信中看得出来，他由于不够灵活，几乎无法开展与中国的贸易。以至于在信中多次抱怨工匠不够，人手太少，向中国买货资金不足等。

德·韦特寄总督卡本提耳函，1625 年 10 月 29 日

在这一封信中，他先写到从澎湖冲突开始即来台担任协调的李旦，终于离开台湾，回日本去了。

> 说到那个中国人甲必丹李旦，他于 7 月 3 日已经带着他大部分的部下离开此地去日本了。公司初来此地贸易时，对公司那么有帮助的人，要离开之前却对公司造成那么大的损害。可以说他是趁机离开的。他竟敢将已故长官阁下宋克及议会交给他拿去赠送给几个中国大官的两次礼物据为己有。
>
> 一次是 1624 年 1 月 28 日，要送给都督的臣仆和家人的 400 里尔，以及另一次 1625 年 2 月 18 日要送给军门的 400 里尔、要赠送一个布政的 100 里尔、要赠送两个海防的 200 里尔以及要赠送两个海道的 200 里尔。他把很多事情弄成是非颠倒，试图欺骗已故长官阁下……[3]

在德·韦特的心中，李旦是一个狡猾的商人，他利用荷

兰人急于与中国通商的心理，以赠送礼物收买官员为名，私吞了许多馈赠的金钱。可以想见，"欺生"，借机赚钱，这是李旦对付荷兰人的办法。

但李旦放下他在日本的生意，花了一年四个月的时间（从 1624 年 3 月 4 日到 1625 年 7 月 3 日），在澎湖、福建、台湾之间来回折冲，斡旋谈判，拿一些车马费、赚一点佣金，也是应该的，荷兰人反而该感谢他。更何况，比起荷兰人在海上打劫，做无本生意，李旦转手赚一点小钱也不算什么。这大概也就是李旦等人的想法吧。

这样的事情绝对不只发生于荷兰身上，也一定发生在葡萄牙、西班牙、英国等东来的集团里。当然，经由中介而赚取钱财的事，在中国人之中，一定不只李旦一人。沿海与外商熟识而有明朝官方关系的人，如许心素等人，一定都懂得这个道理。这种事，又岂止是发生于明朝？现代英美术语，叫政治公关，这已经是一种公开的规则。

有意思的是，李旦不是只有做政治公关的生意，还兼营海盗。韦特写道：

> 他从此地派出很多戎克船，去抢夺前来此地及从此地出航的戎克船。他离开以后，这一切都曝光了。他派出去的船，没有一艘被我们派去巡捕的公司戎克船捉到，因为他们航行得太快。
>
> 那些船停泊在这大员港湾北边的魍港、海丰港和二

林，经常乘风疾驶，四出抢劫。如果无法留在海上，就去港内停泊。因为这些地方，我们尊贵的公司既没有碉堡，也没有快速有力的船只驻守，所以那些在这大员沿海没有地盘的海盗，就会去那里停泊或给水。而使贸易被他们自己中国人搞得困难起来。[4]

可以想见，李旦派出的船队，即是他合伙人颜思齐的人马。荷兰人叫他们合伙去马尼拉打劫西班牙船，但李旦、颜思齐人马怎么可能乖乖听从荷兰人的指挥，只让那几条船跟着出门就罢休，当然也会派船出去做自己的"买卖"。

当时的南台湾，除了荷兰人占有大员，还有大员北部的港湾：魍港、海丰港、二林等，都是中国渔船、日本商船、中国海商、海盗出没的港口。船进船出，货进货出，烧砖开窑，建屋安家，砍柴酿酒，炊烟处处，吃饭喝酒，一个偏远的荒岛台湾，逐渐地热络起来！

此时的荷兰对台湾还未具有殖民统治地位，而只是台湾诸多港口中的一个武装贸易行商。以下这一段谈及颜思齐之死与郑芝龙行踪的文字，就更为重要了。

还有 342.10 荷盾贷给厦门的戎克船出入港检察官周波（Chuopou，Lechou），他曾经派他的兄弟来此地向已故长官阁下宋克请求准予延后偿还，并由颜思齐（Pedro China）担保，但这个保证人于本月（10月）23

日去世了。据他周围的中国人说，他死后没有留下什么金钱财物，因此我们去把他的两艘戎克船暂时押来，但他的人（部属）却借口说，他们拥有那两艘戎克船的部分产权，关于此事我们将依照情况来处理，并且将处理得使公司收回的贷款不至短缺。

这个人（颜思齐）的死去，我们认为对公司没有损失。因为他是一个既不好又不成功的海盗，是很多无赖抬举起来的人，现在他将随着时间逐渐消失了。

有一个名叫一官的人，以前担任过司令官雷尔生阁下的翻译员的，预定这几天会来此地。他现在还率领二十到三十艘戎克船在海上。这些戎克船在北边向那些不肯缴纳捐献，即他们所谓的保护费的中国人抢劫，也向从萨摩（日本）来的人抢劫。这些戎克船全部或其中几艘来到此地以后，我们将使他们不能再去抢劫。因为他们是悬挂亲王旗（即现今荷兰仍使用的红白蓝三色旗），和旒旛旗，以公司和荷兰人的名义去抢劫的。[5]

这一段说到了几个关键重点：

1. 颜思齐之死。死亡时间在 1625 年 10 月 23 日。换算为农历约为 9 月，这和江日昇所写的死亡日期是吻合的。

2. 颜思齐与荷兰有不少打交道的机会，身份地位显然不低，才有资格帮厦门出入港的检察官周波当保证人。他一死，保证人就没了，所以荷兰要去扣船。但颜思齐人马不同意。双方是"合作中有矛盾，矛盾中有合作"的关系。

3. 德·韦特对颜思齐的评语"一个不成功的海盗"、"是由一群无赖抬举起来的人"，也和江日昇所谈的一群结拜兄弟共同推举他为老大的历史叙述相吻合。至于海盗一说，颜思齐和荷兰比起来，只能说是在东亚海上争霸的一支中国商盗队伍而已，在荷兰东印度公司眼中，力量与武装都还不够强大，当然不是"成功的海盗"。

4. 颜思齐刚过世之际，郑芝龙很快从海上赶回来，这就显示，他在颜思齐的人马之中，有非常重要的位置。他带领兄弟去海上征战，必然是老大颜思齐的指令。所以当颜思齐出事，就有人去海上通知"大哥过世"的消息。而他所航行的海域，应该是在台湾周边的海上，才能在很短时间内赶回来。而荷兰人将他的回台与颜思齐之死联结在一起，就表示颜郑是同伙关系。

5. 郑芝龙的行事由此可见一斑。他率领二三十艘戎克船在海上向过往船只收取保护费。如果不从，才会打劫。这也和一般海盗进行全船抢劫稍有不同。如果此种保护费成为规矩，他就有机会成为东海的霸主。企图心是不言而喻的。有趣的是，郑芝龙的船队挂着荷兰的亲王旗。质言之，他打着荷兰的名号去收钱。为何如此？是荷兰人要求如此？还是为了免于明朝官军的追查？很显然，在和荷兰合作的过程中，郑芝龙有自己的盘算。

从宏观的角度看，郑芝龙几乎是颜、李两种人格特质的结合。他有一半李旦商人的本质，善于经营人脉、左右逢源，甚至狡猾善变。但另一半是颜思齐的海上豪强性格，敢战善战，带领兄弟，纵横四海，打劫行商，结交各方。

不过，就海上收保护费这一层来说，倒是可以借此建立一个海洋的秩序，虽然没有法律，但有人保证安全，未始不是一件好事。至少对过往船只来说，交了保护费而可保平安，总比船货全部被抢走好多了。

几年后，郑芝龙与荷兰军几度海战，取得海上霸权，坐大以后，他延续此种政策，向船商每一船收保护费若干，挂着郑家船旗，就可以得到保护。在明朝政府缺乏有效保护的东亚海域上，能够靠着私人武力建立秩序，摆平荷兰、西班牙、葡萄牙的强大武装势力，主宰中国海域局势，这未始不是郑芝龙了不起的能耐。

不过，刚开始的时候，荷兰可不是如此便宜地让他挂旗的。

在 1626 年 3 月 4 日的另一封信中，德·韦特道出了利害关系的真相：

> 约于三个月前，以前担任过司令官雷尔生阁下的翻译员一官，他搭一艘失去桅杆、漏水严重的大戎克船进来大员，他说是从北方来的；在那里巡弋的，还有四十艘跟他同行的戎克船留在那里打劫。这些船也将前来此

地，但是这些船只有一艘前来此地，而且没有载来任何东西。从他那艘戎克船，公司按照跟他约定的办法，取得该船（打劫到的东西）的半数，约为900里尔。大部分是银，如同账簿所记载那样。[6]

这一段文字显示：直到1626年3月为止，郑芝龙和荷兰还有合作，在海上巡弋打劫，挂着三色旗。荷兰的旗当然不是白挂的，郑芝龙打劫来的金银财宝，荷兰坐地"抽头"，而且抽得很凶，直接拿走一半。郑芝龙带着一帮兄弟在海上卖命，荷兰只收旗杆费就可以坐地分五成，的确太狠了点。所以郑芝龙跟李旦一样，也有自己的打算，很可能只开一部分的船进大员，而其余几十艘船悄悄回到魍港，省下了抽头的费用。

从郑芝龙的角度来看，与其挂荷兰旗被抽头，随时听命于人，还要被明朝官兵追剿，还不如回明朝取得一个官方身份，挂自己国家的旗，更为名正言顺。这或许是他后来想被明朝招安的原因。他仍需要一个官方的身份，方能以合法的武装舰队，自由出入海上，自己经商。对一个有企图心的人来说，挂别人的旗，等于把命运交在他人手上，这是不可忍受的。

3. 海上豪强继承人

在江湖道上，一个老大之死，如何继承往往是一个大问题。

这是由于这些结拜的兄弟，个个都是头角峥嵘的江湖好汉，谁也不服谁。所以老大一死，要避免互相争位而分崩离析，确实需要处理的智慧。

《台湾外记》如此写着颜思齐的身后事，以及郑芝龙如何继承颜思齐事业的故事：

> 十二月初二日，天生集诸位商议，再推一人统众方可。
>
> 杲卿曰："弟有一言奉告，不知列位尊意如何？"
>
> 众曰："所言合当，岂有不遵之理？"
>
> 杲卿曰："我们这番所为，虽未得日本，而祸不临身，兄弟们又完全，此乃皇天庇荫。今欲再举一人统领诸军，弟恐新旧爱恶不一，倘苟且从事，自相矛盾，反为不妙。然统军亦非易事，当设立香案，祷告苍天，将两碗掷下，连得圣筊而碗不破者，即推之为首。管见如此，不知有合众意否？"
>
> 众曰："此论最当，庶无后言。"随排香案，众各拈

香跪告毕，依序向前拜祝，两碗掷下粉碎，无一完者，咸踌躇焉。惟一官尚未掷，又忽其年轻。一官跪祷，将两碗掷下，恰好一个圣筊，碗不破。众皆骇然，一官取起掷下，复如前。袁纪曰："我不信。"取原碗当天祷告："我等大哥已死，欲推一人领诸军。天若相一官，再赐两筊，众愿相扶。"又连掷两圣筊，碗不破。间有不信者，祷告掷下复如前。如是者屡，屈指计之，共成圣筊三十。众齐哄曰："此乃天将兴之，谁能违之？吾等愿倾心矣！"

天生曰："当选吉日。"杨经曰："初八日大吉，我们尊拜一官为首。"

众欲以初八日扶一官为首。

一官曰："弟年谱在诸兄末，岂敢越分？"

天生曰："此乃卜之于天，岂可逆也？"

一官曰："既卜之于天，亦当决之于人。前大哥在日，诸公在上，弟不敢置喙。今日蒙宁为首，应有一番振顿，上下分明，赏罚虽亲疏无异。倘如从前无上下之别、无赏罚之令，弟决不敢承此座。"

天生曰："不意吾弟年纪虽轻，议论大有经济。"

杲卿曰："经济岂在年纪。周瑜十三岁尚为都督。迨至赤壁专师，程普不服；及观其调度，甘拜下风。今日吾弟所言，众愿折节相事，恭听约束。"

一官曰："既承诸兄以天意相推见许，但初八期亦太逼，恐备办不及；况是戌日，与弟命不合（一官是甲辰年，故戌日与他本命相冲）。我看十八申日，申子辰会合；且备办物件，亦得从容。"

天生曰："如此最妙，今要备办何物？"

一官曰："旗帜者，乃军中威仪，不可不新，当一概更换；并中军帅旗一面，俾众人咸知所尊。粮饷者，乃众军命脉，不可不积，专主要得其人。船只器械，乃众军卫身以御敌，不可不坚利，而时为修葺。决策取胜，须得筹划佐谋之士；争先破敌，全赖奋勇胆略之夫。鼓励则赏罚当明，荣辱则升降必慎，故令出俾众知所尊。然后进可取，退可守，不但踞此蕞尔之土，即横行天下谁敢与敌？我今择于十八日承接统领诸军，除佐谋、督造、主饷，监守外，另选十八位作先锋。"

众曰："谨受教。"

十一日，一官曰："我今为首，取名芝龙，季弟蟒二为芝虎、四弟为芝豹、从弟莞为芝鹤（后改名为芝莞）、族弟香为芝鹏，余者芝燕、芝凤、芝彪、芝麒、芝豸、芝獬、芝鹄、芝熊、芝蛟、芝蟒、芝鸾、芝麟、芝鹦等，各写就放盒内，告天拈著者，即名之，以应十八日之数。"

天生向众曰："据所言，井然有序。"随分遣备各色旗号，并收拾器械物件候用。

十八日，金鼓齐鸣，三声炮响，中军船上竖起帅

旗，一官即以天生为参谋，袁纪、子大为总监军，陈
勋、林翌为督造、监守，杨经、李英管理一应粮饷，杲
卿为左右谋士。自名芝龙，其胞弟芝虎、芝豹、大功弟
芝莞、族弟芝燕；余十三芝当天拈就名数。各拜天地，
祭献海岳以及旧主思齐毕，三让然后登座曰："芝龙菲
材，既承诸位推举，惟天在上，可表厥心：外则君臣之
分，不敢借私恩以害公；内则兄弟之情，亦不敢假公威
以背义。倘有不及，仰赖诸公指示。若在行间，全仗诸
公协力。山河带砺，富贵与共。"

袁纪曰："公帅以正，孰敢不正？"

天生曰："众人碌碌，全赖主公提调。"

芝龙曰："凡事预则立，故天时、地利、人和，得
一即可以有为。"众曰："然。"遂设宴庆贺，尽欢而
散。芝龙既为众所推，统领诸军，即料理船只，整顿器
械，件件完备。[7]

作为一帮兄弟老大的颜思齐之死，不免引起帮众的纷
扰。但杨天生与陈衷纪处理得当，以掷筊杯的方式，决定了
未来的首领，虽然太过传奇，但郑芝龙如果没有过人的领导
力，能带领这一帮七海蛟龙、四方豪杰吗？

从江日昇的文中我们可以看出来，郑芝龙既然是帮众中
年纪最小的，即使天命要他当首领，也不一定指挥得动几个
江湖大哥。因此他把杨天生、陈衷纪等人拱上去，奉为参

谋、总监军等，再找了十七个年轻人一起结拜为"十八芝"（相当于闽南语"十八只好汉"的意味），命名为芝虎、芝豹等"芝"字辈，这等于在帮众中建立自己的人马，才能压得住阵脚，调动全军作战。

在这个过程中，从继承大位、统御全军、平服众人、安抚长辈、组织团队、带动士气等，都可以看出他在领导上的确有卓越的能力，在颜思齐之后，他能取得领导地位，显然不是无因。

但最为关键者，还是未来。如何在海岛台湾生存，能不能带领众人征战四海，压服群盗、应战诸国强权。这是他崛起之路上的考验。

4. 对照记

将《台湾外记》写颜思齐的这些段落，与荷兰台湾长官致巴达维亚的信比对起来，我们会发现几乎大事都可以互为印证。包括颜思齐来台、李旦与颜思齐的合伙关系、郑芝龙为颜思齐的结拜同伙，乃至于颜思齐势力在台湾，船队足以租或出售给荷兰等，都有文件记录可查。甚至最后颜思齐的死亡时间，两者也是吻合的。

质言之，一直被视为小说的《台湾外记》，若剥开其小说的描述形式，就内容所述的历史事件而言，竟然是相当准确的。这更增加它的史料价值。

当然，仍有两个地方查无实证。其一是颜思齐在日本平户是否有起事。这一点荷兰方面没有记载，中国史书也无记录。倒是从德·韦特的报告中，可以想见荷兰人应该颇为了解颜思齐的出身，包括由众兄弟推举为老大、人马实力等。双方在台湾既合作又矛盾，是一种竞合关系。

其二是郑芝龙担任翻译员的时间。江日昇未曾着墨。我们只能推断郑芝龙很可能与颜思齐一起来台。

令人感到兴味的是，从江日昇所写的来台过程看，颜思齐的人马显然对舟山与台湾都相当熟悉，所以谈起流亡后要落脚何处时，杨天生说要去舟山，陈衷纪立即就说："舟山何用？若到舟山，人都散了。人散则孤立，难以济事。依小弟管见：将此十三只船，乘此秋风，直驶台湾安顿。"颜思齐毫不犹豫地就同意了，这表示他也对台湾相当熟悉。

就颜思齐立场而言，要凝聚起二十八个结拜兄弟，率领他们的手下几百个人马，十几条船，航行海上，找地方安顿，是颇费思量的。这样的地方总不能是荒岛，若缺乏淡水、缺乏食物、便难以生存。但也不适合舟山群岛，回了大陆，各自归乡，人散了，团伙就没有力量。更何况，还要有好的地理环境，方便往来联络，经商贸易，出海打劫，这样的地方，总是要相当熟识才行。而台湾，便是他们都熟悉的岛屿。

颜思齐既为李旦的合伙人，则协同杨天生、陈衷纪等人，帮李旦的御朱印船押货，保护船队，来台湾做贸易，打前锋，做保镖，就不是意外的事。

所以，无论是中国史书所记载的，颜思齐在 1621 年或者 1624 年来台，二者并不互相抵触。前者，可视为是为了经商，曾来过台湾；而后者则是来台湾定居，开基筑寨，做长住的打算。

更值得探讨的毋宁是：台湾当时是个什么情况？在国内渔民、海商、荷兰人、日本人都来交易的复杂局势下，整个生存环境如何？到达台湾的颜思齐所看见的，会是什么样的情景呢？

颜思齐没有留下记录，倒是同时期的荷兰人利邦上尉在他的日记里，留下了纪实的文字。

这里没有城市，只有村落，位于竹林中，每个人都有自己的住屋。这些住屋就像是从地上高高架起的船，地基大约一庹高，没有窗，只有门上有个窗，照亮我看到的那家四个房间。这个家的房间两个在左边，两个在右边。屋子由芦苇编织而成，宽一尺半，以枝叶装饰，屋内家具没什么价值。有一些陶器，还有一些扁的箱子，长半古尺，可以夹在手臂下携带。家里有很多衣服，像印度人的服装，是用鹿皮和晒干的鹿肉换来的。床就直接放在地上，底下铺了鹿皮，睡觉时也戴上鹿皮。

　　有一次我寄宿在公认最勇敢的人家里，我问他，我和随从要睡在哪？他把自己的床让给我睡，认为那是至高的待客之道。但那张床上下都是鹿皮，我跟他说，平日我不习惯睡没有床垫和床单的床，只有打仗和行军时才如此。他表示我应该去找个女人当床垫，我回答说，我也不习惯那样的床垫。

　　这里的房屋盖满了枝叶。街道非常短窄，两个人相遇必须侧身，背对背才过得去，不像我们是正面对着人擦身而过。街道两旁有芦苇树篱，因为这些树篱，我们看不见房屋，必须靠得很近，进入部落才看得见。公廨倒不相同，通常位于大广场中央，圆形的公廨里堆着敌人的头颅，头之间只有头发相隔，串起来像一只苍蝇拂。此外还堆了鹿头、山猪头和腭骨。公廨前日夜都点一盏灯，战争结束后，他们来这里敬拜，像疯子一样大吼大叫并咆哮。[8]

　　可以想见，颜思齐这一众弟兄们，就是在这样的环境下，开始了台湾的新生活。

5. 混居共生的台湾

那是一段混居的岁月。魍港、北港、二林、打狗、淡水、鹿港等地，居住着汉人，有渔民、农民、工匠、海商、海盗等，在狭窄的街道边擦身而过，吃饭喝酒，互相招呼。四季寒暑，自有汉人的节气和活动。

入侵台南的荷兰人在建城堡，派人巡逻。

而少数民族则还在山地林野狩猎，刀耕火种，依季节过日子，他们用鹿皮交易，换一点衣服、首饰、猎枪、农具等。

事实上，荷兰人侵占台湾，到底有多少管理权力，有无土地权，是有争议的。在弗朗西斯·法兰汀（Francois Valentyn）所著的《荷兰人贸易史》曾写道：

> 我们为了关税及诸如此类的问题，与日本人发生严重纠纷。日本人强烈反对交税，辩称他们比荷兰东印度公司早六年来到台湾岛，因此是最先占有台湾岛的人。总督库恩（Governor-General Koen）于1622年发给雷尔生先生的训令中承认这项事实，后者也授予日本人在台湾岛的自由贸易权。但这并没有免除日本人缴纳税金、通行费及其他税务的责任。他们的地位跟台湾岛其他居

民并无差异。因为这块土地不是属于日本人，而是属于中国皇帝。中国皇帝已将台湾岛赐给东印度公司，作为我们撤出澎湖的条件，所以公司是台湾岛的主人，有权对上头的所有居民收税，更包括外来的日本人。虽然日本人很早就来此地，但还是必须向地主交税。如果说谁有权主张这项收税权利，那无疑是中国人。[9]

法兰汀的这个说法，相当真实地反映出荷兰对台湾所属的认知："这块土地不是属于日本人，而是属于中国皇帝"。

可是另一方面，荷兰也怀疑自己的合法性，所以宋克曾写过，他在 1625 年 1 月 20 日，"向台湾岛人民购买公司在台湾岛本岛所需的土地，以便在本岛拥有明确的地产权利。他用十五匹棉布去赤嵌购得这块土地。这件购买案可从 2 月 19 日评议会通过的决议得到清楚证明"。

这就见出荷兰的认知，是西方式的。他们认为台湾主权归"中国皇帝"，但土地所有权归在地的"台湾岛人民"，这二者并不冲突。

宋克在 1625 年 2 月 19 日大员商馆的报告里有这么一段：

1 月 15 日，我亲自去新港要去加强新的友谊，建立更大的威望，尤其是，要利用跟他们的亲密关系，去他们拥有主权的陆地上取得一个据点。去到那里以后，他

们对我表现充分的友谊，按照他们的习俗，很高兴地款
待我。例如拿食物招待我。他们有几个头头去了田里，
我认为不应该花时间在那里等他们回来，所以我去到那
里的隔日就离开那里，回到大员。并邀请该村社所有的
头头来此地。1 月 20 日他们约有二十个人来我们这里，
我亲切款待他们之后，用十五匹棉花布向他们购买一块
大小足够公司在那里需用的土地，并使他们心满意足地
离开这里。概括地说，他们是亲切和蔼的民族，若懂得
他们的性情，又知道给他们略施小惠，那就很可以跟他
们来往相处了。为此，首先要使他们快乐起来，例如给
他们吃饱一餐的米，长度 1 荷呎的棉花布，或是吸一次
烟管的烟草，就会使他们快乐起来了。[10]

由此可见，荷兰人刚到台湾的时候，并不认为拥有台湾
的统治权，所谓"殖民地统治"这件事，还未开始发生。就
只是想到怎么买到一块可以建城堡的土地安顿而已，要不要
抽税都还是下一阶段的事。而在荷兰人所在的大员港北方，
约 30 公里处，还有魍港、北港等，颜思齐的人马已经在这
里安营扎寨。

事实上，荷兰人也想去巡视，但在陌生的地域，荷兰人
付出了惨重的代价。

临时台湾长官德·韦特在 1625 年 10 月 29 日大员商馆
报告中说："我们牺牲了许多战士，他们都是勇敢的荷兰人。

……维西（Verhee）先生率戎克船去魍港一带巡弋时，有三个人在魍港去一条小的清水溪汲水时，被几个在全岛走动的外来的人和陌生的居民打死，还另有一个人重伤，有两个人搭 Erasmus 号的小船于进入这港内时，在水边翻船溺毙。……"这代表魍港与大员之间，并不是谁听谁的统治，住民也不听荷兰人的统治。双边虽然有频繁的往来，但显然并不多么友善。

东印度公司是一个以营利为目的的机构，所以总是要想方设法赚钱。抽税当然是最快的。只要有武力，要抽多少就多少。

德·韦特的报告中也写到，上级曾要求"可否对台湾人收捐献"，也就是抽税金一事。韦特回答说："这些台湾人一向就是从汉人的住处，或船里随意拿走他们想要的东西，如果汉人拒绝给他们，他们就把汉人所有的东西全部拿走，并把他们的头发割掉，这种情形，在此地经常发生。他们这种作风曾经使李旦消耗很多棉花布。如果能使他们自愿捐献，那么李旦早已这么做了。他们每一个人都同样是主人，所以我们不知道应该找谁来建立关系。只要稍微对他们略有怒言和恶行，他们大伙马上就来威胁要把这市镇所有的都放火烧毁。可以说，这些人不是用理性，而是随自己的习俗和想法在做事情的。"[11]

所以德·韦特认为暂时是无法抽税的。只有等时间久了，有效殖民统治，才可能抽税。

颜思齐的开垦更有企图心。荷兰人不会自己种田开垦，只能借用东南亚带来的工人，以及借由汉人当通译，与平埔人交易。颜思齐不同，他透过自己手下大将，从福建家乡如漳州、同安、泉州等引进同姓同乡，在魍港、北港溪一带开垦。云林、嘉义地方文史人士认为，曾因福建干旱，广招乡亲移民来台，以"三金一牛"（愿移民者每人银三两，三人牛一头）为条件，广为周知（也有一说是郑芝龙所为）。基于军事、开垦的双重需要，规划地方为十寨：

这十寨分别是：

一、主寨：颜思齐立寨的大本营，在今云林县水林乡颜厝寮。福建家乡族人来台依附，都聚集在主寨这里。

二、右寨：在今水林乡王厝寮，作为右翼营。

三、左寨：在今水林乡陈厝寮，作为左翼营。

四、粮草寨：在今水林乡土间厝，作为屯粮的所在。

五、海防寨：在今水林乡后寮埔，是海口镇守的要寨。

六、哨船寨：在今北港镇树脚里，作为掌理船队之处。17世纪时，笨港是港阔水深的港口，因北岸较深，自然成为泊船之处，在笨港的西北方称"船头埔"，即当时的码头。

七、前寨：当时地名称"兴化店"，在笨港溪下游，靠海口，光绪年间被洪水冲毁，居民逐渐迁出，"兴化店"已毁庄，最初是作为先锋营，防备海上入侵。

八、后寨：当时地名称"考试潭"，在今北港镇，住户均已他迁；本是作为军队集训，考试之用营。

九、抚番寨：即今北港镇府番里，因大量汉人涌入开垦，威胁平埔人生存，为避免冲突，并安抚照顾土著生活，划地立寨安抚教化土著处称抚番寨。清代记载为抚番社，日据时期笔误为"府番社"。

十、北寨：今北港镇大北门，位于本港入口必经要道，因为于笨港北方称"大北门"，系后卫营。

每寨各有功能，整体而言，备战意图非常浓厚。

颜思齐在魍港、北港的经营，不仅开启了云林、嘉义一带的垦拓史，也对台湾历史有着重大的影响。如果不是他的开垦，就不会有郑芝龙接续他的海上事业，也就不会有郑成功来台建立反清复明根据地，更不会有驱逐荷兰的军事行动，则台湾历史恐将改写。

有趣的是，颜郑带来开垦的移民也改变了台湾的农业。本来台湾只有在山林中徜徉的野黄牛，住民往往狩猎为食物，或抓来驯服为农耕之用。荷兰东印度公司曾从福建买了一百多头水牛，交给萧垄社（在今天台南佳里）的平埔人作为耕牛。但颜思齐和后来继任的郑芝龙引进数千闽南移民的时候，也同时带来上千头的黑水牛。于是黑水牛在台湾大量繁衍，成为最主要的农耕劳动力。

当初开垦的北港，后来成为台湾最大的牛只买卖市场。当地人称之为"牛墟"。三百多年来，台湾进入工业化以前，这里一直是台湾最大的牛只买卖市集。所以台湾人有一句谚语，说一个人吹牛吹大了，夸大不实，就叫"猪母牵到牛墟去"，意思是一头母猪居然想带到牛市去卖。直到工业化机械取代耕牛，这个市集才没落，现在的北港牛墟不再卖牛，已转型为文化观光的景点。

虽然清朝的历史称颜思齐为"海寇"，但台湾人还是很感念他。1959年，台湾省政府在北港镇市中心圆环设立一座"颜思齐开拓台湾纪念碑"，以纪念这位开台壮士。

6. "郑芝龙收郑一官"

颜思齐死后，郑芝龙以台湾为基地，不断壮大自己的实力。颜思齐的梦想，在郑芝龙手上一步步实现。

起初，荷兰人眼中，郑芝龙不过是一个从日本聘请来的小"翻译员"，被颜思齐指派，带领船队去马尼拉帮荷兰人打西班牙人，算是一个年轻有为的战将。虽然后来他俘虏的船愈来愈多，人马也愈来愈强大，从二十几艘中国帆船，增加到四五十艘，战绩相当辉煌，但在荷兰人的报告里，他终究是一个"挂荷兰旗的海盗"，是得听命于台湾长官的人，所以报告中不免有几分轻视的意味。

却不料，正是那个不起眼的翻译员，率领整个海商兼海盗集团，迈向艰难的转型之路。

起初，郑芝龙打劫的目标是针对福建与马尼拉之间、福建与日本之间的商船，先是抽取保护费，不从就打劫船货。
这也是荷兰的目的。他们想封锁漳州月港，让中国商人无法
到马尼拉与西班牙贸易，以此隔断西班牙的货源，包括丝绸
和瓷器等；其目标，就是逼得中国商人只能和荷兰人做贸
易。另一方面，荷兰也想垄断福建与日本的贸易，使日本船
只能透过台湾转口。如此一来，日本人与中国商人在台湾地
区的交易都得交什一税，荷兰就有了利基。

荷兰的最终目标，并不是要停止中国贸易，而是要垄断
中国贸易。不是靠台湾，就是巴达维亚。如果荷兰能够垄断
中国贸易，未来欧洲、全世界都得靠荷兰来取得丝绸、瓷
器、香料，那才是"垄断性资本主义"。

郑芝龙比谁都了解荷兰人的想法与战略。所以他一开始
配合演出，行劫海上。然而，郑芝龙已不再是那个小翻译
员，而是带领一帮好汉的海上英豪，在荷兰人不知不觉之
间，他不再回大员报到，甚至不再听命于荷兰指派的台湾长
官，当然更不必把辛苦卖命的钱跟荷兰人平分抽头。他开始
自己作战了。

与此同时，马尼拉的西班牙人不堪荷兰的海上打劫骚
扰，遂决定来攻打在台湾的荷兰人。1626 年，西班牙远征军
由两艘大帆船率领，十二艘中国帆船随行，带领五百多名士
兵，想攻打大员。却不料在外海探知大员城堡森严，士兵和
舰队比他们还强大。没办法，只好避开荷兰人，沿着台湾东
海岸北上，一路抵达北纬 25 度，看到了一个漂亮的岬角。

他们觉得风景美丽，决定占领下来，遂以西班牙首都，同时也是该军舰的名字来命名，称之"圣地亚哥"（Santiago）。

谁也没有料到，后来生活于台湾的闽南人用他们的方式加以记忆，闽南语叫"三貂仔角"，所以变成今天新北市的"三貂角"。

西班牙的野心当然不仅止于取得三貂角，几天以后，他们进入可以容纳五百艘船的基隆港。占领了社寮岛（今和平岛），并举行盛大的占领庆祝仪式。当然，他们也不得不防备荷兰人的战舰攻击，乃在最险要的地方设置城堡、炮台，并且开始筑城，将城名取名为"圣萨尔瓦多城"，也就是"圣救世主"的意思。

随后，西班牙的部队继续往外扩张。1628 年，攻下淡水（当时称"沪尾"），建立了"圣多明尼哥城"。淡水的圣多明尼哥城与和平岛上的圣萨尔瓦多城，是西班牙防守台湾海峡北部、中国贸易航线上最重要的两个犄角。至今，淡水的圣多明尼哥城依然存在，由于它有着漂亮的红砖，被台湾人称为"红毛城"。

正是这个转折点，基隆和淡水，也走上全球化的大历史之中，成为海权争霸中具决定性的、关键性的港口。

当西班牙人进占基隆的时候，1626 年下半年，郑芝龙开始自立门户，带着五十几艘船，劫掠厦门、漳州、广东等沿海。他是有谋略的人。那两年，恰逢福建干旱，收成减半，民不聊生，一如古老的悲剧，饥民充塞于途，上山下海找生路。郑芝龙带着海盗上岸，打着"劫富济贫"的旗号，专门劫掠官宦有钱人家。遇上贫困的穷人，他还会把劫来的金钱当救济品散出去。他的名声逐渐远播，手下人马聚集得很快。

郑芝龙和其他海盗不同的是，他有"海盗三原则"："戒淫杀，不攻城堡，不害败将"。败将不追，明军的斗志就降低了。民间还传说着："一人作贼，一家自喜无恙；一姓从贼，一乡可保无虞"。带着"侠盗"性质的郑芝龙集团愈来愈壮大，迅速成为福建沿海最强的一股势力。到了1627年，已经有四百条帆船。

1628年1月6日，巴达维亚总部写给东印度公司的报告中写道：

　　1627年6月之前，中国人不准我海船或帆船自大员到漳州湾和沿海其他地方停泊。但后来，中国海盗猖獗，在中国海上横行霸道，将整个中国沿海的船只烧毁，到大陆上抢掠。海盗们拥有约四百条帆船，六万至七万人，海盗头目一官，曾在大员为公司翻译，后来到无声息的离开那里，在海上行盗，短时间内即有众人响应。其声势浩大，甚至中国官府也无法把他们赶出中国海岸，派人在大员向我们的人求援。首先要求我们派船到漳州湾运丝，因他们无法将货物运往大员；其次，派两艘海船停泊在漳州湾，以防海盗骚扰；再次，协助他们剿灭海盗。我们的人派出两条海船为援。他们在漳州湾停泊很长一段时间。

一官长期以来与我们友好往来，以礼相待，但最终在海上不加区别对所有船只予以拦截。[12]

距离颜思齐之死不到两年的时间，郑芝龙就崛起为四百条船，六七万人的海盗集团。这是非常惊人的速度，如果不是有足以号召人心的策略，组织管理的长才，实际上是不可能管理六七万部下的。

光是从技术面来看，在福建漫长的海岸线上，要指挥沿海作战，四百条船的维修保养、移动支援，枪炮购置，都是重大课题。更何况那六七万的部众，要如何组织，如何给养，如何带领作战，如何通讯指挥，⋯⋯这不是一件简单的事。如果不是有十八芝，以及早期带领战船的基础，郑芝龙也不可能做到。

此时，郑芝龙依旧以台湾为基地，几百条海船穿梭在台湾海峡及日本、东亚海域之间，随时有人要来台湾补给，就得有更多的米粮、食物、酒水供应。这就需要农民、工匠、渔民、商人等，来台湾屯垦、建设、经商，才能供给数万人的需要。此外，还要有更多的人手分布于漳州、泉州、福州等地，才能有效迅速地互相补给，提供情报。而在战斗力上，也要随时更新。包括了新式的大炮、子弹、装备、船只设备等，才能战胜强敌，所以也得向欧洲人购买。

这些都是实打实，一点马虎不得的。不然，要怎么和官兵、荷兰船、海盗集团作战？

在郑芝龙的带领下，这一股势力膨胀得太快，几度打败明朝海军，让官方都害怕，遂决定求助于荷兰。当时德·韦特正带了四条船驻在漳州湾，他从商人那里收到福建巡抚和都督的信，开出条件是"永久准许其臣民自由到大员与巴城贸易"，只要荷兰答应"一起驱逐海盗一官"。德·韦特见中国开放贸易的机遇太难得，一口答应。他还不把郑芝龙放在眼里，遂决定直接出兵，而且大剌剌地把攻击计划告知郑芝龙，意思是出来决一胜负。

德·韦特率领五艘快船和四艘配备荷兰人的中国帆船离开厦门，南下去迎击海盗。船到贝伦海湾（Beren）的时候，发现那里停泊有三四百艘帆船，在海湾中静泊不动。

可是，破晓前两小时，在极度昏暗的天色中，一官下令，突然发动火船攻击，几十艘火船带着炸药，向荷兰快船直冲而去，让他们措手不及，来不及还击。火船钩上荷兰战船，即开始燃烧。大火烧得海面透红，天色与海水相映，火海中，跳海的嚎叫声、炸弹爆炸声、火船燃烧的爆烈声、两军厮杀的吼声，在黎明前的海面，狂烈沸腾。[13]

荷兰人未曾遇过这等亡命的阵仗，根本来不及反击，只求脱身，赶紧割断缆绳，火速逃往外洋。却已损失了好几条大船。

这一仗，荷兰人终于见识到郑芝龙集团的英勇善战早已超出他们的想象。

明朝官方也看破了，连荷兰人都束手无策，官兵根本不是郑芝龙对手，遂决定招抚。明朝派出福建左布政使蔡善继兼任漳泉道事，向郑芝龙招安。蔡善继曾任泉州知府，任上，才七岁的郑芝龙在放学回家的途中，丢石子取乐，却不小心打中了蔡善继的乌纱帽。他命人把郑芝龙抓来，见这孩子长得眉清目秀，气宇轩昂，也不怪罪了，只笑着对郑芝龙父亲说："此乃宁馨儿也。"就把他给放了。有了这一层旧因缘，蔡善继被任命来招抚郑芝龙。

蔡善继派人去向郑芝龙说明来意，希望和平解决。郑芝龙感念旧情义，也相信蔡的人格不会反复，遂答应接受，双方约定一日，郑芝龙穿上囚服，自己绑上绳子，走去官府投降。

大海盗要带小海盗，自缚来官府投降，这是天大的新闻。一时间，满城轰动了，沿街爆满观看的人潮。大家都想看官府要怎处理这一大帮海盗，要怎么关这一大批人。

郑芝龙也不是没有算计的。他留了后路，把大部队撤退到泉州外海及台湾，准备观看后续的结果，如果有问题，可以随时从海上发动攻击。

蔡善继是一个读书人，不知郑芝龙真正忧心者，乃在于部下都投降招安，被政府接收后，遣散离开，他将一无所有，因而他需要一个官府的名分。更何况，从《水浒传》以降，哪一次招安不是有交换条件的？

但蔡善继不懂得这个道理，更不了解这种海盗心理，没有给郑芝龙任何名分。郑芝龙觉得不安，生怕以后成为一个寻常百姓，什么都不是，那投降干什么？不能带领部下纵横四海不打紧，那么多的手下，以后仍要生活，要如何交代呢？

招安行动最终未竟其功。郑芝龙很快回到海上，带领数万手下，几百艘船，纵横四海，继续在海上收保护费，抢劫不听话的船商。

碰上明朝官兵追剿时，他的部下骁勇善战，明明打败了官兵，却不追击，连俘虏的人与船，也一起放走。明朝官兵逐渐看出来了，郑芝龙不是一个想终生当海盗、与官府为敌的人，他有意无意地在为和谈留后路。

后来福建巡抚熊文灿接受建议，找人去谈判，终于顺利招安。但郑芝龙是海盗，总不能说招安的海盗，还可以委以官位，于是上签呈时，熊文灿就把郑芝龙写成"义士"，以"义士郑芝龙收海盗郑一官有功"为题，委派郑芝龙为海防游击。

郑一官是和颜思齐在台湾一起打天下时代的名字，郑芝龙则是他成为帮众老大，"十八芝"兄弟结拜时取的。于是就有了用新名字收服旧海盗的传奇事迹。

这真是一着"偷龙转凤"的绝妙好棋，既找到台阶下，也为郑芝龙留下后路。可惜后来却害死了一个清正好官林焊。

　　林焊是福建龙溪人，学问深厚，人品正直，魏忠贤当政时，多少人逢迎拍马，他都严正以对，甚至为了抵制权臣要帮魏忠贤建祠堂而宁可辞官归隐。直到崇祯皇帝即位，才把他找回来，任礼部侍郎兼侍读学士。他日理万机，未曾注意《郑芝龙收郑一官》的公文，没看就批准了。有一天，崇祯皇帝在他侍读讲课时，随口问道："不知道郑芝龙和郑一官，是一个人呢？还是两个人？"林焊一听，心想事有蹊跷，就回说："臣待罪京师，乡里的事情，不能详知，容查实回报。"他回府请人到福建核实，才知错了，自己一时不察，竟犯了欺君之罪，他羞愤自责，随即吞金自杀。

　　崇祯皇帝没想到林焊自尊心与知耻心如此强烈，极为感念，遂御书赐予"澹泊宁静，中正和平"八个大字。

　　自从担任海防游击，郑芝龙有了正式身份，整个海盗集团变身为明朝海军，四百艘帆船，六七万人马，成为保护福建海域的力量。更重要的是，海防游击可没规定不能做生意，他的海商地位得到官方身份的确保，于是海盗船化为商船、海防船，巡行在东亚海域上，他的商业版图更为扩大了。

　　为了经营海上贸易，郑芝龙将营运总部拉回他的老家福建安海，并在沿海建立军事训练据点，同时更为积极建造船舰，购买欧洲新式大炮武器，成为中国沿海最强大的武装集团。这个集团一边打击海盗，一边打着郑芝龙的旗号，向过往船队索取保护费用。这一次可是官方海防游击的保护费，不是海盗了。

在福建及中国东南沿海，郑芝龙发展成最大的武装集团，也是最大的贸易集团。

7. 中国第一跨国公司

经营总部移往安海之后，台湾只有部分人马留守，这就造成漏洞。荷兰台湾长官以魍港有中国海盗逗留，出没抢夺海上船只为由，要求逗留在魍港的汉人，无论商人、工人、农民都要办居留证，否则一律加以惩罚。这当然包括了郑芝龙的人马。他的势力显然受到了削弱。

在郑芝龙崛起的过程中，贸易版图愈做愈兴旺，他有着日本的渊源，自然将日本贸易纳入重点。然而，也在经营日本贸易的荷兰感到利益受损，决定结合其他被打击的海盗，合力攻击郑芝龙。

荷兰有钱有兵力，手段非常灵活。有时联合厦门的海盗，有时联合郑芝龙的叛将，有时联合另一股海盗势力，几年内，与郑芝龙在海上打了好几场海战。海盗许素心、李魁奇、钟斌、刘香、李国助等，虽然在荷兰的快船协助下，几度打击郑芝龙，但都陆续被他打败，甚至亡命海外。

特别是1633年6至10月的厦门、金门岛海上大决战，荷兰动员九艘大船，率领几十艘海盗集结来的中式帆船，在中国沿海几个省市打劫，到处残杀，完全是破坏性的毁灭战。目的就是要迫使明朝毫无还手余地，对荷兰完全开放自由贸易，一点都不许协商，否则绝不停止。

福建巡抚邹维莲本来瞧不起郑芝龙，但他不甘心如此受辱，调动兵力，集结厦门一带，双方配合良好。而郑芝龙也向英国购买新式大炮，装配上船。这一次的战斗，全归郑芝龙指挥。他部署船阵攻防，训练海战，完善作战配备，最后对士兵下令重赏："烧毁一艘快船，赏银二百两，取一个荷兰头颅，赏银五十两"。

决战前日，荷兰已经将重兵驻在料罗湾，而郑芝龙的海军则没有什么动静。在荷兰台湾长官普特曼斯（Haus Put-mans）的评估里，明朝军舰设备差距太远，根本不是对手。荷兰大船比中国帆船高大一倍以上，大炮分三层，有四五十门，分列船的两侧，还可以推动到船首上面攻击。而郑芝龙的帆船既不够大，即使最新式配备的船，炮也最多两层，十几门，而中国海军又没有足够训练，炮击速度太慢，绝对不是对手。

所以，当凌晨的时候，幽暗的海面上，厦门湾停泊的船只突然动了起来，几百艘郑芝龙的大大小小船只，像幽灵般出现，普特曼斯并不以为意。他根本不放在眼里，既没有命令荷兰船舰开航，也没有紧张，而是好整以暇地下令，所有部队不动，准备大炮射击，他要等郑芝龙的船只进入射程范围，全面开炮，全部轰沉。

两百艘战船算什么？九艘荷兰战舰的大炮都有几百发。何况明朝火炮打得不够远，就会先被消灭，更不必说那些小小的火船，那么低小，根本伤不到荷兰的大船。

等到郑芝龙几百艘船只抵达射击范围，他下令全面开炮。但让他最感讶异的是：这些船根本不停，仿佛怕影响速度，基本不开炮还击，速度全开，穿过荷兰的炮火，向着荷兰大船直冲而来。

火船是用来钩住荷兰大船，点火燃烧用的。船上的士兵像不要命一样，一上来，就用铁叉子射入大船边，火船上有硫黄、干草、炸药、木材，一碰上了，船员就点火开始燃烧，船员则随身佩戴着两个圆竹筒当救生圈，火船一烧，就跳船逃生。旁边的其他船只则努力将人救起。

大船则更诡异。它明明配备大炮，却不停下来打，而是直直冲向荷兰船，普特曼斯这才发现，这些船上装满易燃的硫黄、炸药、稻草等，完全是自杀式地冲上来。此时荷兰人要反应也来不及了。普特曼斯眼看两三艘排在前面的船被钩上，起火燃烧，整个海面化为火海，大叫全面射击，但郑芝龙的船太多了，打都打不完，仍亡命一般冲过来。

火海之中，郑芝龙军队训练有素，先冲上去拼命钩住大船，一艘钩住了，另一艘就连上去，各船上的士兵都拼命向前，爬过联结索，涌上荷兰船作战。荷兰军没见过这么亡命的蚂蚁雄兵，应战得相当狼狈。

　　普特曼斯知道大事不妙，紧急下令所有船只，尽可能割断缆绳，不再作战了，火速航向外海逃命。九艘大船逃走了五艘，其他有三艘爆炸沉没，另有一艘被钩住，正在缠斗之际，普特曼斯赶紧派另一艘船去救，好不容易才割断绳索，逃出外海。[14]

　　普特曼斯狼狈不堪地逃回台湾，写信向巴达维亚总部报告：所有战力已经消耗大半，船只也受损严重，近期内不能再出征了。

　　经此一战，郑芝龙军的勇猛，敢死善战，扬名东亚海域。明朝海军也终于威震欧洲。自此之后，再也不敢有人像荷兰人那样，公然到中国沿海攻击劫掠，挑衅杀戮了。很长一段时间，欧洲的战船再不敢来中国外海侵略。他们知道，中国帆船比欧式战船小一倍，但中国人自古以来有古老战术与《孙子兵法》，能以小搏大，以弱击强，以战术克服武器上的弱势，取得胜利，那是远来的欧洲人不敢小觑的。

　　自此一战，无论荷、西、葡、英等，再不敢来犯，郑芝龙让明朝海域重归平静。直到清朝后期，蒸气机革命，蒸气船取代风帆船，英国才再次发动战争，那时的"船坚炮利"，已非风帆船可比，而是钢铁战船了。

　　但在17世纪时，郑芝龙让明朝扬威世界。其后，郑芝龙又历经几场对海盗的战役，到1635年，郑芝龙集团终成为中国东南海域最强大的军事、商业综合体。

一如江日昇所称赞的，郑芝龙是一个有谋略、有"经济"的人。闽南语的"经济"不等于外来语的"经济学"，而是一种性格的描述，代表懂得经理、济助、算计的意思。与荷兰的战争虽然是生死之战，但他知道自己灭不了荷兰，总是留一步后手。对战胜俘虏来的荷兰官兵，他加以善待，把人质扣在手上，作为谈判的筹码。在谈判前，他会先做人情，送几个俘虏回去说好话，以示和解的善意。荷兰在日本锁国后，局面大为缩小，决定屈服，通过郑芝龙进行中国贸易，买丝绸、订瓷器都通过郑芝龙开船到台湾来交易。

就这样，郑芝龙逐步成为中国沿海第一大海上势力。

郑芝龙所建立的是一个中国历史上未曾有过的"跨国军事商业复合体"。

他的总部设在福建安海。交易对象遍及台湾的大员、北港，日本的长崎、平户，东南亚的诸城市如孟加尔（印度洋西海岸）、万丹、旧港、巴达维亚、马六甲、柬埔寨、暹罗、大泥、淳尼、占城、吕宋等地。

那时的安海有如万国通商之城。有日本商务代表，澳门的葡萄牙商人，基隆、马尼拉的西班牙人，荷兰的商务员，马六甲的海商等。当然，就更不用说从中国各城市来卖出口商品的商贩。

他把中国各地的采购系统，以"五行"命名，依货物性质区分为"金木水火土"五大系统；把海上外销系统以"五常"命名，分为"仁义礼智信"五部。采购系统深入内陆各地，成为他的政治、商业与情报来源；而海上运销系统也是如此。

它的金流与物流也是惊人的。采办资金、外销收入、商船收税、挂旗保护费的收取、货物的进出港口等等，都建立在一个没有资本主义基础，缺乏数目字管理的社会之上。而一应账目，即总体金流的管理，得有手下专人，指挥数百人手，管理账目，核对进出。这也是非常不得了的工作，等于现代跨国企业的 CFO 财务执行长的工作。

商业之外，还要不断建造新的商船与战舰，以应付船队的汰旧换新，维护保养。为了海战，更要有基地训练船员和战士。各种军费支出，人马给养，海战的武器如火炮、先进大炮的添购等等，是相当庞大的开销。这都不只是一个跨国企业 CEO 的工作而已，而是闽南海军司令的事。

从一个远涉重洋、在日本讨生活的小商贩，结拜颜思齐为兄弟，成为开台一员，再成为荷兰海盗商团的翻译员、海盗成员，最后独立成为雄霸东南沿海的主宰者，郑芝龙打造出如此庞大的"跨国军事商业复合体"。如果明朝朝廷善加任用，不仅可以为朝廷赚进大量外汇的白银，将南方几个港口建成商业贸易大港，繁荣东南沿海经济，形成跨国贸易基础，还可以建立一支足以与列强势均力敌的海上力量。

可惜明朝崇祯皇帝没有这个远见，而中国社会的资本主义发展也还没有这个"在数目字上管理"（黄仁宇《资本主义与二十一世纪》）的基础，更何况明朝国运已经走到末期。贫困的农民，困窘的财政，内政的斗争，社会的不平，导致明朝国力衰弱。崇祯皇帝与中国历代王朝一样，北方的战事兵败如山倒，李自成的农民革命一来，大明王朝就瓦解了。

8. 郑成功收复台湾

郑芝龙仍想为倾颓的明朝皇室效忠，他上了几道奏折，谈如何在东南六省募兵征兵，如何筹划钱粮、组织人事、补给运输、作战训练等，可谓是大将的格局。

他甚至上书：

> 嗟嗟！主忧臣辱，主辱臣死，古今大义，不可解也。本职既死难匡复之能，何忍腼颜冠裳之列，惟有辞职披剃，投身空门，以谢先帝之灵，并朝夕焚香，顶祝新主中兴之盛，即长逝沟壑，是所甘心。设或处置钱粮充足，兵力饶裕，主帅监军得举其人，则缁衣临戎，东西南北惟命，图恢复，酬素志，而毕愚分，此又万万不敢辞，亦不忍辞者也。总惟武夫无他肠，始终愿为国家做一实事而已！

这是他忧心国事的忠诚告白。可惜，明朝皇帝未采纳，也不曾用他。[15]

崇祯死后，福王立于南京，不久南京覆亡，抗清臣子纷纷南下。郑芝龙和几位大臣拥立唐王朱聿键即位，位极人臣。郑成功便是由他赐姓朱，而有后来"国姓爷"的称号。然而，唐王力主西进，但郑芝龙认为应该下海抗清，以满族不熟悉的海战，做长期对抗。双方最后势同水火，让郑芝龙非常灰心。唐王坚持己意，亲自出征，最后为清军击败而死。

此时，清朝了解福建的真正实力人物是郑芝龙，因此派人来招抚，希望他归顺清廷。

郑芝龙是一个自己打拼出来的战将，他或许以为如果归顺，可以让福建免于战火，保有福建的经济命脉，又或许他认为即使归顺，他仍可像当年归顺明朝廷一样，保有自己的海上王国。更何况，清朝招抚他的条件是浙江、福建、广东三地的王爵。这些海域正是他经商的势力范围，他的地盘甚至更大了。

总之，在郑成功决绝的反对下，他最后仍选择归顺。

1646年，郑芝龙率领五百兵员赴福州投降清朝将领博洛。博洛对他非常礼遇，不时送来贵重礼物。等到要离开福州回北京时，许多福建人送行。博洛就乘机对送行的郑芝龙说："跟我去北京见皇上，由皇上亲自赐予高官厚禄吧。"他被利益冲昏了头，竟答应随行。等到一行人离开福州，龙离大海。过没几天，他就被博洛抓起来，拘禁在一个木头笼子里，手脚被绑，身体不能动弹，成为阶下囚，带往北京。这种残酷的对待，远超过对一个降将的待遇，激起郑芝龙部将更强大的反抗心。

可怜的郑芝龙，一条海中大龙，自此永远离开了他的大海，成为骑马民族的笼中之鳖。

清朝没有停止讨伐的攻势，清兵随即进击他的家乡安海。郑芝龙的日本妻子田川氏，这个和丈夫分隔了二十几年，1645年才好不容易从日本来到安海与丈夫团聚的女人，未曾享受到天伦之乐，即愤而自杀。

郑成功本是读书人，也没有部将，虽然受到父亲的严格训练，可以使洋枪发射大炮，但带部队打仗却是未曾有过的。他决志打起反清复明的大旗，号召了三百壮士后，各方响应，遂展开长达十年的反清对抗决战。运用郑芝龙的海商系统为情报网，以贸易网建立军费的来源，郑成功招兵买马，迅速集结数万人的兵力，经过几次战役，他成为闽南最强大的军事力量，进而通过海路进军南京。

可惜进击南京战事失利，他退回厦门后，决定再撤退到台湾，作长期对抗准备。

1661年4月30日黎明，台南大雾。荷兰人在大雾散去之后，抬眼望去，只见几百艘郑成功的战船，已经驶入鹿耳门，几千只的桅杆，像森林一般，布满茫茫的海面。士兵大惊失色，去报告台湾长官揆一，却已经来不及了。

经历过几度陆上与海上作战，郑成功采取长期包围战

略，包围热兰遮城，最后他给揆一写了最后通牒，文的最后
写道：

夫战败而和，古有明训；临事不断，智者所讥。贵
国人民，远渡重洋，经营台岛。至势不得已，而谋自卫
之道，固余之所壮也。然台湾者，中国之土地也，久为
贵国所踞。今余既来索，则地当归我。珍瑶不急之物，
悉听而归。若执事不听，可树红旗请战，余亦立马以
观。毋游移而不决也。

生死之权，在余掌中。见机而作，不俟终日。唯执
事图之。

郑成功说："台湾者，中国之土地也，久为贵国所踞，
余今既来索，则地当归我。"说得理直气壮。因为这是颜思
齐、郑芝龙曾一起海上漂泊，辛苦到达，胼手胝足，艰辛开
垦的地方。

郑成功采取宽大的政策，和谈过程相当漫长，确保了荷
兰人撤退时的各种保障，终于收回台湾。以台湾为根据地，
展开长期的抗清之战。

他的家族在南中国海本有强大的贸易网，借此筹集军饷
并不困难。但清廷了解此一命脉，干脆把福建沿海的交易港
口给封锁了。所有港口的设施不是烧了，就是被没收。沿海
居民被迫迁居。清廷用净空政策来对付郑成功的海上大军。

即使如此，郑氏家族仍是南中国海的一支强大武力。郑成功在台湾听到西班牙人在菲律宾欺负华侨商人与劳工的时候，立即托了一位意大利人带信给菲律宾的西班牙总督，警告他要善待华侨，向台湾纳贡，否则必定带大军前来攻打。可惜他此时已病重，不久就过世。

他为台湾治理打下基础，以台湾作为东都，将荷兰殖民者修筑的赤嵌楼改名为承天府，改热兰遮城堡为安平镇，北部设天兴县，南部设万年县，并在澎湖岛设安抚司，戍以重兵，完成一府二县一安抚司的行政规划。

然而打败荷兰的这一年，不利的事接二连三地来。他的父亲、叔叔和陪同父亲的弟弟，都被清廷杀害了。他转到菲律宾去给西班牙总督的信，得到的是对华侨更大的迫害。

他的儿子郑经更麻烦。

郑经本来和一个唐姓的世家女子结婚，可是二人感情不睦，不知为何就跟第四个弟弟的乳母陈氏私通，还生下私生子。此事他不敢让郑成功知道，就谎报是妻子唐氏生了孩子。郑成功当然很高兴。可是那唐氏女子的父亲和郑成功是世交，就写了封信把事情来龙去脉说了一通，还大骂郑成功"治家不严，何以治国"。

个性强悍耿直的郑成功受此大辱，气得不得了。他治军以严格著名，每一次战役结束，都要检讨成败原因，造成失败者甚至被处死，也因此不小心杀错了人，让一些属下心怀恐惧，怨怼离开。律人如此严格，怎么可以独厚自己的孩子败德？他命令在厦门的弟弟郑泰把郑经和他的母亲杀了，连同陈氏和小孩也一并杀了。

然而，这命令等于灭门，郑泰执行不下去。这让郑成功更为愤怒。父丧子乱伦，制裁又无效，自己却因病偏处海岛一隅，他羞怒之下，病情更为加重。他常常望着厦门方向，等待部下的回音。但回音竟是军令无效，众叛亲离。他知道自己不久人世，悲愤中抓着自己脸，大哭道："无颜见先帝于地下啊！"呼喊而逝。

可怜的郑成功，一生怀抱国仇家恨，抛却一切，最后却孤愤以终。

再历经二十一年后，1683 年，曾为郑成功部将的施琅率领清军攻下澎湖，明郑难以反抗，宣告投降。

郑成功的悲剧英雄形象深入台湾人心。他所开垦的屯田，他所走过的地方，甚至一些自然山川、奇特的风景，都附会成与他的神迹有关。例如，传说他吃过的鱼与螺，被称作"国圣鱼""国圣螺"，南投县有国姓乡。台中市的草屯区，就传说是因为郑成功的军队行军经过，下雨天泥泞满地，军队休息的时候把草鞋上所粘的泥土敲抖下来，堆成"草鞋墩"，故草屯的旧名为"草鞋墩"。台中市大甲区的铁砧山上有一口剑井，传说是郑军经过的时候，缺水饮用，郑成功拔剑刺地，变成一口井，冒出甘泉。新北市莺歌区的山上有一块巨石，像一只老鹰。传说，是因为郑军经过的时候，有老鹰在山中吞云吐雾为害百姓，郑成功下令军队用大炮把它轰死，怪鸟化为石头，就是现在的"莺歌石"。

这些神话故事，充分反映台湾人将郑成功当成开拓台湾的始祖，却因清朝不许祭祀悼念，而用各种神话奇迹来加以追念。在号称开台第一庄，颜思齐十寨所在的云林县水林乡，有一间"朱府千岁庙"，就是为了祭祀郑成功而设。

2016 年，开台圣王郑成功联合会举办了春祭，邀请全台各庙宇中，只要出现"开台圣王庙""国姓宫""开天宫""延平王庙"主祀郑成功的庙宇皆可参加，这样的庙宇全台约有一百三十间。而庙里虽非主神（例如妈祖庙、观音庙等），但也有供奉郑成功的庙至少有三百间（没参加的不算），二者合起来超过四百三十间。

台湾民间对郑成功的感念，既深且广，由此可见。

而在追念的同时，谁曾想到，郑成功出生的那一年，正是颜思齐带着他的父亲郑芝龙渡海来台，开启了另一段人生，终而改变了台湾的历史。

注释：

[1] 台湾文献馆主编：《荷兰台湾长官致巴达维亚总督书信集 I：1622—1626》，江树生主译/注，南天书局，2007 年版，第 192—193 页。

[2] 同上，第 188 页。

[3] 台湾文献馆主编：《荷兰台湾长官致巴达维亚总督书信集 I：1622—1626》，江树生主译/注，南天书局，2007 年版，第 192—

193 页。

〔4〕同上。

〔5〕同注〔3〕，第 201 页。

〔6〕同注〔3〕，第 223—224 页。

〔7〕江日昇著：《台湾外记》。

〔8〕艾利、利邦著：《利邦上尉东印度航海历险记——一位佣兵的日志（1617—1627）》，赖慧芸翻译，财团法人曹永和文教基金会出版，2012 年，第 125 页。

〔9〕弗朗西斯·法兰汀（Francois Valantyn）著：《荷兰时代的福尔摩沙》，甘为霖英译，利瓦伊挥汉译，前卫出版社，2017 年修订新版，第 80—81 页。

〔10〕同上，第 162 页。

〔11〕同上，第 197—198 页。

〔12〕程绍刚译注：《荷兰人在福尔摩莎》，联经出版公司，2000 年版，第 77—78 页。

〔13〕同上。

〔14〕欧阳泰著：《决战热兰遮：中国首次击败西方的关键战役》，陈信宏译，时报出版公司，2017 年版。

〔15〕汤锦台著：《开启台湾第一人郑芝龙》，果实出版社，2002 年版。

全球化首部曲

再悠长的历史，总要回到当代的书写。

再遥远的记忆，总要找回人间的温情。

回首台湾史，大航海时代带来的变局使得台湾进入第一波全球化的风暴中。自此以后，命运的转变就不由自主了。

在那关键的转折点上，谁是台湾命运的关键人物？谁是时代风云的主宰？谁是开创新局的英雄？

仔细审视，1624 年是台湾历史的转折点。这一年，郑成功出生。颜思齐带领众家兄弟转赴台湾。荷兰从澎湖退踞台湾，开始建堡垒。那是关键的时刻。

若从大历史来观察，我们将发现，颜思齐起了决定性的作用。用围棋为比喻，他像一颗"定石"，在台湾棋局刚开始的时候，就在要害的地方落子，以此定石为基础，展开全盘，形成棋势。由于他，才有郑芝龙作为接班人，开拓海洋事业，才有后来的郑成功打败荷兰，收复台湾。

颜思齐是站在转折点上的那一颗"定石"。

　　然而，相较于郑芝龙、郑成功父子，颜思齐的历史，却是最少被关注的。

　　明朝史书总将他视为海盗，清朝史书对此更加扭曲，唯有江日昇的《台湾外记》有稍微详细一点的记录。然而也只是记载了他和二十七兄弟的结拜，以及来台的经过。

　　反而台湾民间，特别是云林、嘉义的海边，那些他曾开垦过的村子、庙宇，在那香火萦绕的古迹、寺庙、乡村里，还存在着对颜思齐的感念之心。纵使传说纷纭，却仍显现出民间素朴的深情重义。

　　透过颜思齐，我们看见一个青礁的孩子，如何迎向大时代的风暴，如何在命运逆转的困顿里，勇敢投向大海，开拓未来。

　　更重要的是，我们在一个人的命运里，看见一个时代，一部史诗般的全球化首部曲。整个世界的壮阔和巨变，自此开启。

　　面对壮阔的大历史，我从台湾安静的海滨妈祖庙开始，试着在云林的农村，在厦门青礁村的颜家宗祠，在福建龙海的古月港海边，在平和的古窑址，在长崎、平户的古寺里，在荷兰的阿姆斯特丹海事博物馆，在那一张一张画着荷兰海战的油画中，追寻一个传说中的名字——颜思齐，以及一段消失的中国海洋史。

　　从一个人的生命开始，却看见一个时代，一段深远的历史。

从 16 世纪到 17 世纪大航海时代，中国有过三次重大机遇。如果当时中国作出政策响应，历史不会是今天这样。可惜明朝和清朝都错过了。

当 1517 年葡萄牙船第一次航抵中国珠江口的时候，人们都还未曾警觉，那不只是一个叩门的响声，而是第一波全球化时代的浪潮，正在拍打中国的大门。新时代已经来临。

葡萄牙人想去见皇帝，正式打开贸易之门，却不得其门而入，只能绕着中国沿海和民间私商交易。

那时的中国，还是一个"中心之国"，周边围绕着朝贡的小国，贸易只是蝇头小利，明朝皇帝根本看不上眼，皇帝要的是尊崇和威仪，给的就是上对下的赏赐。至于东南沿海小岛所进行的贸易，朝廷官员还是用帝国的思维，认为那是边陲的事务，民间走私只是奸民小商违法的行径，全面禁止。

但广东、福建、江浙一带，民间的反应却完全不同。最先感受到这一股西方吹来的贸易风，有新的机遇，有更大的利益。走私活动兴盛起来。民间的贸易集团悄悄集结，买通官员，勾结军队，发展走私贸易。他们干冒海禁，逐利于海上。北连日本，南接越南、马六甲、爪哇、菲律宾等。无论多少冲突，多少围捕，都无法阻止。

葡萄牙人到来，各地的华商恰恰成为最佳供货商与营销商。宁波旁边的双屿因而崛起，成为万商云集的港口。

如果有远见，懂得善用，将之建设为贸易港，并不一定
要有详细的海关税则、船舶进出港管理、进出货物报关等，
只要像日本的御朱印船，由官方给予海商一定的认证，合法
营运，相信凭借着当时海商的智慧，中国的丝绸、瓷器、工
艺品等，备受欧洲各国欢迎，一定外销畅旺，为中国东南沿
海的经济，带来新的契机，也让明朝财政充裕，社会安定，
对国家发展更有帮助。

可惜在内部的派系斗争中，开放的海商派往往被保守的
打倭寇思维所击败。一个对明朝大有可为的历史机遇，连同
王直这样的海商奇才都被牺牲了。

葡萄牙后来落脚澳门，用买通官员的方式，付出租金，
终于取得居住权。而繁忙的走私交易和倭寇之乱，让明朝官
兵穷于应付，抓不胜抓，最后终于在1567年开放月港。

以一个偏远的走私小港来应对全球化的贸易浪潮，这并
不是一个明智的决策。但至少政策方向是对的，并且管理方
法也与现代海关相近，的确向前迈进了一大步。仅仅是一个
月港就为明朝赚进大量的白银，让中国生产的丝绸、瓷器，
营销到全世界，变成一个名牌。哪一个国家有这样的外销实
力？而月港的税收，更为明朝困窘的财政带来补血般的
帮助。

如果明朝有远见，以月港为试点，将它的成功模式、管
理制度，复制到广东、浙江的几个港口，明朝未始没有可能
开展出一个面向世界的贸易格局，为全球化时代开出大道。

同时，中国内陆的经济也会为之改观。

可惜，明朝的官僚系统还是旧机器，转不出新思维。皇帝想增加税收，派出来到地方开银矿、抽矿税的人，竟是自私自利的宦官集团，其危害程度，不仅让百姓咬牙切齿，让地方经济受损，最大的问题是妨害了正常交易的进行。派来福建的宦官高寀接受荷兰贿赂，完全不顾国家主权。

设想，这样贪图私利的官员，怎么可能为国家规划长治久安、有利财政的制度？可以想见，开放的港口，公开公正的管理，必然有利于国家财政；而一味管制，图利的反而是有权力的官员，让走后门、收贿成风。

历史给出了最好的第二次机遇——月港。它曾拥有中国最早的海关管理办法，最繁荣的全球贸易，却没能发展出全国性的进出口贸易法制。

可惜了月港，也可惜了中国的海商，他们有受世界欢迎的商品，有最好的交易网络，有最多的市场营销站，西班牙、荷兰等国都拿着现银来中国买现货，却只能偷偷在海上的小岛走私。原本有机会发展为海商集团的人，一个个被消灭。

明朝朝廷用无形的锁国，把中国的机遇，绑死在陆地，视海洋为畏途，却不知道海洋文明已经来临。

第三次机遇是郑芝龙所创造的。1624 年在颜思齐的带领下来到台湾的郑芝龙，是帮众中最年轻的，却以其精通几国外语的能力，聪明灵活的政治手腕，变身海盗首领，终于渐

渐成为一个巨大的海商集团，甚至连荷兰人都是他的手下
败将。

他是中国第一家"军事商业复合体跨国公司"的霸气总
裁，有几十个黑人保镖，率领几十万军队、上千艘船舶，航
行中国沿海，垄断贸易，向过往海商收保护费，和日本、荷
兰、葡萄牙、西班牙、英国，乃至东南亚的所有商人直接做
生意，他的海上势力若再有十年时间，绝对可以成为东亚最
强大的霸主，可惜明朝的国运，已经走到末期。

这个全球化时代的第三次机遇，就在郑芝龙投降清朝之
后，宣告结束。虽然郑成功仍继承他的海上事业，而有收复
台湾的壮举，但他是与清朝对立的，对中国大陆的沿海贸易
只有反效果。

16、17世纪，第一波全球化曾带给中国的三次历史机
遇，就这样擦身而过了。

作为一个生长于台湾的孩子，我对海洋文明，有一种特
殊的亲近感，因此寻访这一段历史，内心有很深的感触。

首先，是海洋文明已经改变中国，让边陲变中心。

一如布劳岱尔说的："不再视海洋为人类生活的困境，
而是人类商业与文明活跃的舞台。"这个大趋势主宰了第一
波全球化的走向。

明朝学者周起元在《东西洋考》一书序文中也写道：
"我穆庙时除贩夷之律，于是五方之贾，熙熙水国，跨隧艎，

分市东西路。其捆载珍奇，异物不足述，而所贸金钱，岁无虑数十万。公私并赖，其始天子之南库也。

贩儿视浮天巨浪如立高阜，视异域风景如履户内，视酋长戎主如把幕尉。……有汉之威远而师饷不内耗，有唐宋之通货而情形不外泄，然则澄之舶政，岂非经国阜财，固圉疆边之最便者哉！"[1]

把汪洋巨浪当高楼，把异域风景当户外的门庭，把外国的酋长当朋友，如此从容面对异国文化，如此优游于流动贸易，这是何等的气魄。它对国家的帮助，不仅在财政，更可强化海防。

面对巨变的海洋文明，明朝学者如周起元并不保守畏怯，反而充满迎向世界新风，迎接时代巨浪的大气。因此中国人的认知，一点也不落后。

海洋文明，让中国边陲的小村，一跃成为国际贸易港；让海隅的小岛，成为海上争抢的热点。平户、长崎、琉球、月港、澳门、马尼拉、马六甲、巴达维亚，原本都在边陲，每一个都变成商业的交易站，也是东西文明交汇的城市。

不要说远的，即使是漳州，都曾是葡萄牙人口中了解亚洲贸易、市场行情、货品流通的情报中心。

小小的月港，成为明朝白银帝国最重要的支撑。

澳门，成为葡萄牙在亚洲的贸易中心。

台湾，成为荷兰贸易站、列强争抢的焦点。

长崎，成为日本引进火枪与贸易、洋务与改革的港口。

海洋文明的转折点，往往不是大门洞开，而是从一个小小的渔村作为窗口，在你不注意之间，悄悄打开。有一天，你开窗望出去，世界已成为一片蔚蓝的海洋，异国的新风物、残酷的大炮弹、香料的新气味、船舶的汽笛声，同时向你涌来。

新世界开始了，而活在当下的人并不知道，这是一个新时代的开端。唯有敢于冒险的人，向着那新起的浪头，迎风航行。

海洋文明，变成世界史的中心，中国沿海的民间都知道了，并且比官方更准确地做出了迅速有力的响应。

最可惜的是，明朝朝廷未来得及反应过来，就已经亡国。而清朝更无法了解它的重要性。清朝的衰败与结束，正是从边陲海隅开始的。澳门成为葡萄牙的殖民地，香港成为英国的殖民地，台湾成为日本的殖民地。革命，往往就是从这些边陲海隅开始的。

海洋文明改变中国的命运。可惜的是，中国史家还不够正视，而使得这一段历史湮没不彰。

其次，民间的力量改变了中国的命运。

观察第一波全球化的冲击，明朝政府的反应往往是最迟钝的，甚至是逆时代的大潮。反而是民间，基于生存，基于利益，一直都是采取开放的、自由的原则，突破禁忌，打开新局。曾被视为海盗的人，不论是王直、李旦、颜思齐、郑芝龙，个个都是敢于和欧洲列强作贸易，进行武装对抗的英雄。郑芝龙的海战，以几百艘亡命火船打到荷兰人害怕，和郑成功以大兵围攻热兰遮城，虽然阵容不同，但敢拼敢死的勇气则一。

在这一波全球化浪潮里，从双屿决战，月港贸易，到澎湖打败荷兰，到 1624 年颜思齐入台，再到 1633 年料罗湾大海战，中国并未屈居下风。即使船舰、武器和配备都不如荷兰，但由于战略战术的运用灵活，郑芝龙占了上风。这和以前刻板印象中欧洲人东来后，中国就一路被欺凌，无力抵抗，是完全不同的。

即使亚洲贸易站的日本，也从未被殖民统治。所以在东西文明首度交汇的过程中，一开始并非是强与弱、大与小的对比。

这些力量的对比，应对的策略，中国民间站在第一线最是清楚。他们边做贸易，互利交往，一边产生矛盾冲突，不惜决战。和战之间，民间自有其现实所锻炼出来的智慧。明朝若能善用民间力量，一如郑芝龙这样的角色，历史必将改观。而郑成功以强大的海军实力和高明的战略打败荷兰，这些经验证明，亚洲并非一开始即是欧洲的手下败将。大历史的翻转，与明朝、清朝有两段长时期的太平盛世有关，史学家欧阳泰对此有不少论述[2]，具有重要的参考价值。

另一方面，明清政府如果懂得善用民间的力量，以政府政策为民间商业贸易的后盾，中国的贸易版图、国际影响力、商业实力将远大于后来的局面。

有意思的是，这一段历史证明，政府只要给出开放政策，即使只是小小的开放，如月港，民间自有应对之道，并且会开展出另一种更宏大的局面。像郑芝龙这样的人物，可以经济，可以作战，可以保卫国家，都会出现。

开放的政策，相信民间的智慧，结合民间的力量，这是这一段历史给我们的教训。

对这一段历史加以深入研究，重新反省，找出其中经验与智慧，将涉及中国对未来的响应与挑战，也就是中国复兴的过程中，必须以世界史的视野，重新叙述自己的历史，找回话语权，并对未来，提出明智的思维。

历史带给我们的，不只是祖先的生命记忆，不只是经验教训，而是指向未来的智慧。

注释：

[1] 周起元：《东西洋考》序。

[2] 欧阳泰（Tonio Andrade）著：《火药时代：为何中国衰弱而西方崛起？决定中西历史的一千年》，陈荣彬译，时报出版，2017 年版。

致　谢

本书的采访写作过程得到许多朋友的协助，不能在此一一致谢。

首先要感谢厦门海沧区政府林文生先生、曹放先生、相关的人员和石室书院，协助采访青礁颜思齐的故乡、宗祠，并安排访问厦门的专家学者何丙仲教授、彭一万教授、林德荣教授、陈耕教授等前辈，了解厦门的经济、文化历史，以及大航海时代诸多海洋的细节，我受教良深。

感谢漳州学者陈正统先生和张戴维先生，以及全国台联副会长杨毅周先生、平和地方政府、杨氏宗亲会等，协助寻访祖祠，安排访问克拉克瓷旧窑址及相关文物，使我得以考察地方风土民情，追寻历史根源。

感谢龙溪地方政府的安排，使我得以访问旧月港的古迹与民居，了解当时民间交易的现实场景，在大街小巷、河海交汇的曲折环境中，体会大航海时代，人民如何生活、经商、出海的风貌。

感谢江柏炜先生特别安排日本长崎的访问及详细解说，更感谢金门的陈东华先生以其毕生对长崎历史的研究，如数家珍，细致说明。使东亚商业历史有一种家族史的延续感，有民间奋斗的情义，与大历史互为联结，令人感动。

感谢云林、嘉义地方文化工作者，蔡德隆先生、张米先生、村里长、妈祖庙的住持等，接受访问，让我见证了民间记忆，让历史与土地的真实生命结合，所以从乌鱼子与台湾开拓史的关系，到海边地形地貌的变迁，颜思齐开台的所在地等，我都有了真切的感受。那是任何文本所无法给予的。历史，因此有了土地与人的触感与温度。

最后要感谢徐宗懋先生，我们是一起历经生死劫难的兄弟。他提供数千张老照片，以及从世界各地难得收集来的古书，特别是《荷使第二次及第三次出访（大清）中国记》，供本书之用，这是 1670 年在阿姆斯特丹出版的旧书，记载了 17 世纪荷兰使节团第二次（1662）及第三次（1664）出使中国的情形，当时正是明清之交，郑成功仍统治台湾，故有不少与台湾相关的珍贵版画。那些图景，正是颜思齐、郑芝龙时代的海洋、社会面貌。本书中采用不少，特别要在此致谢。

这本书，献给我们的祖先，那些在万顷波涛中冒险渡海，来台开拓的勇者；本书也要献给台湾少数民族同胞的祖先，没有他们的包容和接纳，苦难与牺牲，台湾不会有今天。

本书更要献给那个风起云涌的时代，我们的祖先以无比的勇气，远渡重洋，在亚洲与世界拼搏。他们在东西文明、海洋与陆地文明、商业与农业文明交汇的冲击中，开创一个新的时代。

愿我一生继承祖先的勇气，迎向未来。

年　表

公元（明清年号）	中国大事	全球大事
1368（洪武元年）	朱元璋在南京即位，国号大明。舟山群岛爆发秀兰山之乱。	
1371（洪武四年）	发布禁海令。	
1385（洪武十八年）		葡萄牙内战结束，开启阿维斯王朝 Dinastia de Avis，巩固王国政权。
1403（永乐元年）	明朝恢复市舶司。	
1405—1407（永乐三至五年）	郑和第一次远航。	
1408—1409（永乐六至七年）	郑和第二次远航。	
1409—1411（永乐七至九年）	郑和第三次远航。	
1413—1415（永乐十一至十三年）	郑和第四次远航。	

续表

公元（明清年号）	中国大事	全球大事
1417—1419（永乐十五至十七年）	郑和第五次远航。	
1420（永乐十八年）		葡萄牙"航海者"亨利王子 Infante D. Henrique 成立航海学校。
1421—1422（永乐十九至二十年）	明成祖朱棣迁都北京，郑和第六次远航。	
1430—1433（宣德五至八年）	郑和第七次远航。	
1453（景泰四年）		
1492（弘治五年）		鄂图曼帝国占领君士坦丁堡，拜占廷帝国灭亡。
1494（弘治七年）		哥伦布抵达巴哈马群岛。
1508（正德三年）	王阳明龙场悟道。形成阳明学思想。	葡萄牙、西班牙协定分界《托德西利亚斯条约》（西班牙语：Tratado de Tordesillas，葡萄牙语：Tratado de Tordesilhas）。
1510（正德五年）		葡萄牙占领果亚、可伦坡。

公元（明清年号）	中国大事	全球大事
1517（正德十二年）	葡萄牙使节团来到广东沿海。	
1518（正德十三年）	福建平和建县。	
1519—1522（正德十四至十六年）		麦哲伦航行世界一圈（1521年在菲律宾遇害）。
1526（嘉靖五年）		日本石见银山开始开采（与明朝白银贸易主要来源）。
1539（嘉靖十八年）	葡萄牙入双屿交易。	
1542（嘉靖二十一年）	一条鞭法开始实施。	
1543（嘉靖二十二年）	王直到达平户。	哥白尼发表天体运行论。
1544（嘉靖二十三年）	王直与葡萄牙人漂流到日本九州南侧种子岛，火枪传入日本。	南美波托西银矿开始开采（与明朝白银贸易来源）。
1548（嘉靖二十七年）		
1549（嘉靖二十八年）	朱纨攻打双屿，收复。	耶稣会会士圣方济·沙勿略从鹿儿岛登陆日本。
1553（嘉靖三十二年）	●沿海倭寇大爆发。 ●葡萄牙人以晒水浸货物为由，暂居澳门。	

公元（明清年号）	中国大事	全球大事
1557（嘉靖三十六年）	• 葡萄牙人获准暂居澳门。 • 王直遭逮捕（两年后斩首）。	
1566（嘉靖四十五年）	海澄设县。	
1567（隆庆元年）	海禁解除，月港开港。	
1568（隆庆二年）		葡萄牙船首度抵达长崎。
1570（隆庆四年）		荷兰独立战争开始。
1571（隆庆五年）	澳门—长崎之间贸易开启。	• 西班牙攻占马尼拉。 • 开启月港—马尼拉之间贸易。
1582（万历十年）	利玛窦抵达澳门。	
1587（万历十五年）		丰臣秀吉首度对天主教徒发布禁教令。
1589（万历十七年）	颜思齐出生于厦门海沧青礁。	
1592（万历二十年）	明朝派遣援军赴朝鲜抵抗丰臣秀吉军。	• 丰臣秀吉侵略朝鲜。 • 丰臣秀吉发行朱印状。

公元（明清年号）	中国大事	全球大事
1596（万历二十四年）	明朝皇帝命令宦官开矿，至各地征税。	● 荷兰人首次抵达爪哇岛。 ● 西班牙船源流到日本高知。
1599（万历二十七年）	宦官高寀到福建任税珰。	
1600（万历二十八年）		英国东印度公司成立。
1602（万历三十年）		荷兰东印度公司成立。
1603（万历三十一年）	西班牙在马尼拉首次发动针对华人的大屠杀。	
1604（万历三十二年）	沈有容澎湖谕退荷兰。	
1610（万历三十八年）	利马窦于北京逝世。	
1611（万历三十九年）	颜思齐杀宦仆后逃至日本。	
1616（万历四十四年）	努尔哈赤定国号为大金。	
1619（万历四十七年）		荷兰在爪哇建巴达维亚市。
1620（万历四十八年）	万历帝去世，朱常洛继位，同年去世，由朱由校即位为天启皇帝。	五月花号抵达普利茅斯港。
1622（天启二年）	荷兰侵占澎湖。	

续表

公元（明清年号）	中国大事	全球大事
1624（天启四年）	• 颜思齐入台建十寨。 • 荷兰人退踞大员，在安平建热兰遮城。	荷兰在纽约建立贸易站，后名为"新阿姆斯特丹"。
1625（天启五年）	• 颜思齐过世，郑芝龙继任为集团领导人。 • 荷兰台湾长官宋克过世。	葡萄牙、西班牙联合探险队从荷兰人手中夺回萨尔瓦多（巴伊亚，巴西）。
1626（天启六年）	西班牙人登陆台湾基隆，建贸易据点。	
1627（天启七年）	朱由校去世，朱由检（崇祯皇帝）继位。	
1628（崇祯元年）	郑芝龙接受招抚。	
1633（崇祯六年）	明荷海战，明水师提督郑芝龙战胜荷军。	
1636（崇祯九年）	皇太极改国号为"大清"。	
1639（崇祯十二年）	西班牙在马尼拉发动第二次针对华人的大屠杀。	江户幕府禁止葡萄牙船只入港，完成锁国。
1641（崇祯十四年）	荷兰击败西班牙，占领基隆、淡水。	荷兰从葡萄牙手中夺取马六甲。
1644（清顺治元年）	李自成攻陷北京，崇祯皇帝自杀。清军攻入北京。	

公元（明清年号）	中国大事	全球大事
1645（顺治二年）	清军攻陷南京。	
1646（顺治三年）	郑芝龙降清。	
1650（顺治七年）	郑成功以福建厦门为基地开始抗清之战。	
1653（顺治十年）	郑成功击败清军于海澄。	
1659（顺治十六年）	郑成功围攻南京失败。	
1661（顺治十八年）	●清廷杀郑芝龙，发布"迁界令"。 ●郑成功收复台湾。	
1662（康熙元年）	郑成功去世。	
1683（康熙二二年）	郑克塽献表降清。